Goodend TOHKA

SpiritNo.10if
AstralDress-PrincessType Weapon-ThroneType [Sandalphon]

# 約會大作戰 DATE A LIVE

22

## 美好結局十香 下

U0074936

Kadokawa
Fantastic Novels

「激昂。本宮已充分見識過閣下的力量。
吾尚且不過問汝那把劍從何而來——
便以施展吾之奧義來洗刷剛才的失禮吧。」
精靈——風待八舞

神祕精靈——〈野獸〉
Beast

「——來，說說你的世界吧。」
「好——不過，妳也要講妳的事情給我聽。
老實說，我好奇得很。」

「四月十日啊……」
大學生——五河士道

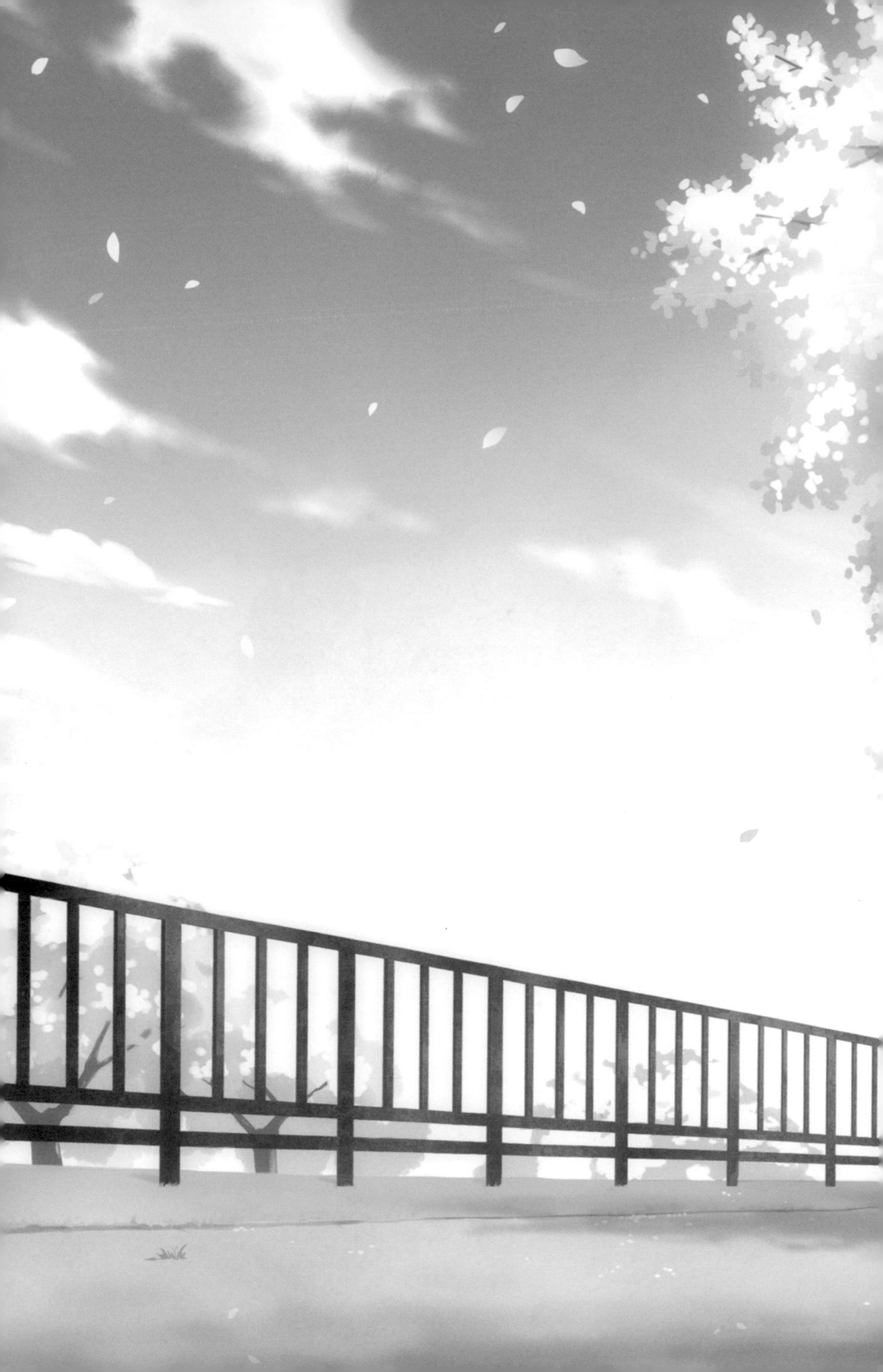

CONTENTS

# 約會大作戰

## 美好結局十香　下

橘 公司
Koushi Tachibana

Kadokawa Fantastic Novels

彩頁／內文插畫　つなこ

精靈
THE SPIRIT
存在於鄰界，被指定為特殊災害的生命體。發生原因、存在理由皆為不明。
現身在這個世界時，會引發空間震，給周圍帶來莫大的災害。
再者，其戰鬥能力相當強大。
處置方法1
WAYS OF COPING 1
以武力殲滅精靈。
但是如同上文所述，精靈擁有極高的戰鬥能力，所以這個方法相當難以實現。
處置方法2
WAYS OF COPING 2
——與精靈約會，使她迷戀上自己。
美好結局十香 下
Goodend TOHKA
SpiritNo.10
AstralDress-PrincessType
Weapon-ThroneType[Sandalphon]

# 第六章 星宮六喰

不久前，郎君幫妾身斷髮。

說得嚴格一些，算是幫妾身修剪整齊吧。

每當郎君操作剪刀發出輕快的修剪聲時，自己的髮絲便翩然飄落腳下。

此感覺十分奇妙。

因為自己已多年不曾剪髮了。

頭髮如同地層一般刻劃著自己的經歷，蘊含著酸甜苦辣等各種滋味。

當然，剪掉頭髮並不代表那些經歷就會跟著消逝……但過往的自己無疑是如此堅信的吧，才會死命抓著頭髮不放，對頭髮執著不已，過度害怕失去頭髮。

自己之所以能下定決心剪掉頭髮，無非是多虧了郎君。

剪髮沒什麼大不了的，自己依舊能感受到真真切切的情感，並未消失。

無論發生何事都願意包容自己的家人。

共同歡笑，一起悲傷的同伴。

獲得這些時，自己肯定脫胎換骨、煥然一新了吧。
獲得了不仰賴頭髮亦能邁步向前之力量。

理髮結束後，妾身站在鏡子前。
郎君誇獎我是全世界最美的女人。
呵呵，顯而易見是在恭維。不過，聽起來心情還不壞，我便接受吧。
不過，就在此時，腦海突然冒出一種念頭。
本應澈底斷念的想法瞬間湧現。
——真想讓姊姊看一眼自己受到郎君誇獎的全新面貌。

◇

要讓人止步，未必需要築起一道牆。
要束縛人的身體，未必需要鎖鏈綑綁。
——事實上，那名少女光是存在於那裡，就令在場的人們定住腳步，身體動彈不得。

「——啊，啊啊——啊啊啊啊啊啊啊啊啊——」

悠長的咆哮宛如遠雷。

震動四周的空氣。

就在此時，她的頭髮——像是原本的髮色脫落般的淡色髮絲微微搖曳。

簡直像在展現她的存在本身。那副模樣就好比乾枯褪色的樹枝彎曲震動，搖晃著僅剩的些許樹葉的枯木。

從髮絲間隙露出的臉龐與雙眸也感受不到生氣。玻璃珠般的眼瞳映出的既非歡喜和享樂，也非敵意和殺意，只有無盡的空虛。

她背後顯示出的十把劍雖各自散發出異樣的壓力，她看起來卻不像是在誇示武器的模樣，反而像是負傷的野獸被粗野的拘束具硬是撐起般令人目不忍睹。

——識別名〈野獸〉。

這個精靈消失的世界中，卻出現了不該存在的精靈。

〈野獸〉是暫時取的稱呼，因為她沒有名字。

「什……什麼……」

周圍傳來驚慌失措的聲音。

不過，這也難怪。

因為她出現的地方，是位在飄浮於地上一萬五千公尺的空中艦艇〈佛拉克西納斯〉正中央的作戰指揮室。

空中艦艇，那是受到堅實的外殼與隱形迷彩所保護的牢固機械之城，天空霸者所坐的至高無上之寶座，理應是任何人都無法觸及與侵入的絕對空間。

然而，那名少女卻輕而易舉地踏入那個聖域。

沒有射穿艦艇的外殼，也不是突破艦體四周展開的隨意領域，而是利用虛空中開啟的「洞孔」進入，如此超乎常理的方法。

指揮室目前在場的有士道與曾經身為精靈的少女們，以及〈佛拉克西納斯〉的ＡＩ瑪莉亞，共十二名人員。他們才正為了討論如何對付精靈〈野獸〉而聚在一起開會。

所有人表情僵硬，注視著〈野獸〉。

畢竟擁有無與倫比的力量的捕食者突然出現在眼前，也難怪他們會本能性地戰慄，身體無法動彈。

不過——

「……嗨，真是不好意思啊，還麻煩妳特地到這種地方來接我。」

士道開玩笑地如此說道，向前踏出一步。

「喂……士道──」

「──噓！」

看見士道做出的行動，有人慌慌張張地大喊他的名字，隨後傳來一道高亢的聲音予以制止。

往聲音來源瞥了一眼，發現是一名身穿深紅軍服，以黑色與白色的緞帶將頭髮綁成雙馬尾的少女。

──她是五河琴里，士道的妹妹，同時也是這艘〈佛拉克西納斯〉的艦長。從她的表情可以看出她對士道絕對的信賴。

士道在心中對察覺自己意圖的妹妹表達感謝後，直視〈野獸〉空虛的雙眼，慢慢拉近距離。

若說自己不害怕〈野獸〉是騙人的，畢竟位於眼前的是能在瞬間讓自己人頭落地的存在。而且，現在的士道沒有精靈之力護身。即使她本人沒有要取士道性命的意思，他也十分有可能因為開一些小玩笑而喪命。

不過，士道並未因此停下腳步。

她的力量有多可怕，自己再清楚不過了。即使如此──士道還是想跟她對話。

她究竟是何方神聖？

她的目的又是什麼？

為何明明擁有如此強大的力量──卻還發出如此悲痛的吶喊。

他想知道這些事。

如果有自己力所能及的事，他想伸出援手。

這跟自己是否擁有精靈之力無關。

只是——純粹想拯救她，如此而已。

「話說回來，虧妳知道這裡呢。而且，剛才那把劍就好像——」

「——你這……傢……伙……」

〈野獸〉發出嘶啞的聲音。

打斷士道的話。

「……！」

那道聲音十分細小，一個不小心就有可能漏聽。

不過，這證明了她的確保有自我，四周傳來少女們倒抽一口氣的聲音。

然而〈野獸〉不以為意，視線在士道身上游移，狠狠瞪著他接著說：

「……你這傢伙是什麼人？……我為何……會在這裡？」

這與其說是在問士道，更像在問自己。從她身上散發出的危險氣息可以隱約感覺到她困惑的情緒，像是不明白自己做出的行動有何意義般感到遲疑。

「我是跟著你殘留的氣味追到這裡來的嗎……？為什麼……？我……究竟……對你……我

——我是……」

「……！難不成妳真的是來見我的嗎？」

「啊，啊，啊…………啊啊啊啊啊啊啊啊啊啊啊啊啊————！」

下一瞬間。

〈野獸〉發出哀號般的咆哮後，朝士道揮下右手。

「————！」

她的右手周圍飄浮著五把利刃，緊貼在五根手指上，那副模樣就宛如獸爪。事發突然，士道反應不及，只能眼睜睜看著斬擊迎面而來——

「——郎君！」

「唔啊！」

不過就在這個時候，有人拉了一下他的衣襬，使他整個人跌向後方。

幾乎在同一時刻，五道斬擊劃破虛空，在作戰指揮室的牆面留下深深的爪痕。

爆炸聲轟然作響，各種精密機器密集的艦艇內壁被破壞，噴出火焰與煙霧。整艘艦艇受到衝擊的影響而天搖地動。

「哇……！」

「唔啊！」

少女們因震動而失去平衡，跌坐在地。

不過，似乎也因此讓畏懼〈野獸〉而動彈不得的雙腳得以活動。所有人坐在地上，移動屁股，慢慢與〈野獸〉拉開距離。

片刻過後，士道的背才逐漸冒出汗水。士道望向剛才拉了自己一把的少女。

「六喰，謝、謝謝妳救了我一命。」

「唔嗯……真是千鈞一髮呢。」

將頭髮紮著丸子頭的嬌小少女鬆了一口氣地說道。

她是星宮六喰，也是過去曾經身為精靈的其中一名少女。倘若她沒有早一步察覺〈野獸〉的動作，如今士道的上半身肯定早已被切成碎片了吧。

不過，士道可沒有時間在那裡悠閒地慶幸自己的存活。因為被〈野獸〉一擊破壞的艦艇內壁正不斷冒出白煙，擴音器響起吵鬧的緊急事態通知。而最重要的一點是，〈野獸〉尚在艦內，這狀況無疑十分危險。

這時，一道極為冷靜的聲音爽朗地響徹四周：

「——艦內發生爆炸，立刻進行滅火。請艦內人員盡速前往避難。」

說完，聲音的主人動作誇張地舉起手。於是，室內各處隨之伸出機臂，開始朝燃燒的內壁噴灑滅火劑。

這幅光景就彷彿她能隨心所欲地操縱艦艇設備。不過，這也是理所當然的事，因為她的名字是瑪莉亞，是這艘〈佛拉克西納斯〉的ＡＩ以對人溝通用的介面身體所呈現出的姿態。

「瑪莉亞，損害情況如何？」

琴里壓低身體避開煙霧，出聲詢問。於是，瑪莉亞依樣畫葫蘆地彎起膝蓋回答。當然憑她的身體，就算站在煙霧中心也完全沒問題，但她似乎有她的堅持。

「難以說是輕微呢。是可以繼續航行，不過──」

「……不過什麼？」

「前提是她不再胡亂攻擊。」

瑪莉亞淡淡地說完，被煙霧籠罩的房間上方再次響起爆炸聲。

「呀……！」

「──啊啊啊啊啊啊啊啊──！」

震耳欲聾的咆哮響徹整個作戰指揮室。看來〈野獸〉似乎是想吹散從火焰噴出的黑煙與滅火劑的白煙，所以胡亂揮舞著她的「爪子」

濃煙深處傳出金屬壓扁的破壞聲與斷斷續續的爆炸聲。每響一次，〈佛拉克西納斯〉的巨大艦身便劇烈晃動。

「呀啊啊啊啊！要、要墜毀啦～～～！瑪莉Ａ夢，快想想辦法啊～～～！這不是妳的身體嗎～～～！」

一名戴眼鏡的女性跪趴在艦橋的地板上，淚眼汪汪地尖叫——她是本条二亞，也是曾經身為精靈的其中一人。

看見她窩囊的模樣，瑪莉亞對她投以分不清是憐憫還是輕蔑的眼神。

「二亞，妳很吵耶。好歹有個大人樣，擺出臨危不亂的態度吧。」

「妳以為我不想嗎～～～！」

大概是對二亞的哀號產生反應，〈野獸〉再次揮舞「爪子」。斬擊掠過二亞的腦袋上方，二亞臉色發青，雙手摀住嘴巴安靜下來。

但是，事態完全沒有好轉，〈野獸〉仍舊發出斷斷續續的咆哮，不停破壞艦艇。這樣下去，就算是以隨意領域支撐艦身的空中艦艇，也難逃墜落一途。

「唔……」

掠過腦海的想法令士道皺起臉。〈佛拉克西納斯〉的墜落，也就意味著搭乘艦艇的所有同伴之死。

船員們自然不用說，連失去靈力的前精靈少女們也不例外。必須盡早讓〈野獸〉遠離這個地方，否則必死無疑。

況且問題不只如此，她擁有能在空間開啟「洞孔」的劍。即使用某種方法將〈野獸〉扔出艦艇，只要她再次返回就沒有意義。

「…………！」

瞬間，〈野獸〉不知發動第幾次的攻擊，破壞了作戰指揮室的地板。從張開大嘴的大洞可以看見艦外——擴展於眼下的夜空風景。

由於〈佛拉克西納斯〉這艘空中艦艇被隨意領域包覆，不會發生因氣壓差異被吸出艦外的情況，但若是〈野獸〉繼續破壞下去，士道等人遲早會被拋到艦外，必須盡快想辦法解決——

「——」

就在這時，士道微微倒抽一口氣。

理由很單純，因為他的腦海浮現了某個想法。

「……六喰。」

猶豫了片刻，士道直勾勾地凝視著〈野獸〉，呼喚最靠近他的少女。

然後溫柔地推開護住自己的手。

「唔……？郎君，你這是為何？」

在響徹周遭的警報聲與爆炸聲中，六喰有些不安地問道。士道壓低身子雙腳用力，接著說：

「——接下來……就拜託妳了！」

「什麼……！」

士道朝作戰指揮室的地板一蹬，將六喰驚慌失措的聲音拋諸腦後。

然後以擒抱的方式摟住〈野獸〉後，就這麼和她一起跳進艦艇地板上開啟的洞口。

若〈野獸〉真心想抵擋，就算士道衝撞她，她也不可能失去平衡吧。不過，大概是被濃煙遮住視線，〈野獸〉就這麼接受士道的擁抱，倒向後方。

「抱歉，我可不能再讓妳繼續破壞艦艇了——妳就陪我在空中散步一下吧……！」

「啊——啊啊——！」

士道聽著〈野獸〉的呻吟——墜入夜空。

「——郎君——！」

感覺上方傳來呼喚士道的微弱聲音，無奈被強烈的風壓掩蓋，無法聽到完整的句子。

在快要昏厥般的飄浮感中，士道雙手使勁抱住〈野獸〉。

——這是士道靈光一閃所想到，簡單明瞭的讓〈野獸〉遠離艦艇的方法。

但士道也不想送死，所以他才在跳到空中的前一刻留下一句話。

沒錯——那就是「接下來就拜託妳了」這句話。

「……！妹妹！瑪莉亞！郎君帶上〈野獸〉墜落了！」

六喰勉強克制差點從喉嚨發出的慘叫，立刻將事態傳達給琴里和瑪莉亞。

她的頭腦還很混亂。士道從她眼前消失的衝擊，令她的心臟劇烈收縮。

不過，六喰連一秒震驚的閒暇都沒有。現場被爆炸聲、警報聲和濃煙所阻礙，能正確掌握現狀的只有先前在士道身旁的六喰了吧。既然如此，盡早將這個狀況傳達出去才是受士道囑託者的使命。

「妳說什麼！」

「──！了解。擴大隨意領域，保護對象。」

周圍傳來琴里與瑪莉亞的聲音回應六喰。

片刻過後，瑪莉亞再次發出細微的聲音：

「……〈野獸〉抵抗，捕捉失敗，但成功用隨意領域暫時保護了士道。效果持續時間約三百六十秒，應該能承受墜落的衝擊，但是──之後的事情就不敢保證了。」

「不會，幹得好，多虧妳了，瑪莉亞──還有六喰，也謝謝妳。如果沒有妳，我們可能會來不及應對。」

「不……妾身並未做任何了不起之事。」

這並非謙遜，而是六喰充滿悔恨的真心話。她緊咬牙根，因無力感而皺起臉。

沒錯，六喰只能盡如此微薄的力量。

如果這雙手擁有精靈之力，就能直接幫助士道了——不，在那之前，士道也不需使出那種危險的手段了。

「…………」

思考到這裡，六喰的頭腦產生疑問。

不該存在的神祕精靈〈野獸〉——她是利用在空間開啟「洞孔」的方法侵入這艘〈佛拉克西納斯〉。

沒錯。即使形狀不同，那種能力無疑是六喰過去曾經擁有的鑰匙天使〈封解主(Michael)〉的力量。

那名精靈跟六喰有什麼關係嗎？是與六喰相關的某種東西將士道逼入絕境嗎？一想到這裡，六喰便感覺到自己的呼吸越來越急促。

就在這時——

「——！」

六喰再次倒抽一口氣。

因為響起新的警報聲打斷了她的思緒。

「什麼事！」

琴里抬起頭大喊。

於是，瑪莉亞皺起眉頭回答：

「……是壞消息。因為〈野獸〉在空中胡鬧，大大遠離了兩人預測降落的地點天宮市區。這樣下去，〈野獸〉會墜落到非避難地區。」

「什麼……」

聽見瑪莉亞說的話，琴里瞪大了雙眼，隨後立刻甩了甩頭心念一轉，下達指示：

「發射〈世界樹之葉(Yggd Folium)〉一到十一號。在防護效果消失之前，再次用隨意領域包覆士道！然後，在士道與〈野獸〉的周圍形成結界！爭取時間，直到居民完成避難！」

「了解——我是很想這麼說啦，但這是不可能的。」

「為什麼？」

瑪莉亞出乎意料的回答令琴里皺起眉頭。

於是，瑪莉亞將手伸向空中，讓影像投影到那裡——是簡略版的〈佛拉克西納斯〉的剪影，到處標記著好幾個紅色記號。

「〈野獸〉剛才的攻擊，嚴重破壞了感應類和操作系統，因此非常難以遠距離操作〈世界樹之葉〉。」

「……！」

「竟然如此……！」

琴里屏住呼吸的同時，六喰也不禁愁眉苦臉。

這也難怪。因為無法使用〈世界樹之葉〉就代表不到六分鐘後，保護士道的屏障將在那個凶暴的〈野獸〉前完全消失。

而那意味著——

「…………！」

六喰壓抑住掠過心頭的最壞的想像，用指尖捲起剪齊的髮尾，緊緊握住。

◇

「……唔嗯……」

——距離〈野獸〉出現在天宮市數個月前。

士道坐在微微搖晃的汽車後座，聽著偶爾傳來的呢喃聲。

呢喃聲的主人是坐在他隔壁的少女——星宮六喰。嬌小的身軀，稚氣的娃娃臉。不過，束縛住她身體的安全帶並未勒緊她的胸口，而是像流過兩座山中間的溪流……老實說，士道實在不知道眼睛該看哪裡。

然而，現在有件事更令他在意，那就是六喰從剛才開始就坐立不安，一邊吐著氣一邊玩弄她綁成三股辮的髮尾。

好長——她的頭髮實在太長了。如果沒有像現在纏繞在脖子上，就算六喰站著，頭髮恐怕也會碰到地面吧。

「唔嗯……唔嗯……」

六喰用手指捲著三股辮的前端，然後像扔出鎖鏈鐮刀的秤錘般放開。士道見狀，苦笑著對她說：

「六喰，妳沒事吧？」

「……！唔嗯？」

士道說完，六喰吃驚得瞪大雙眼。

「何出此言？」

「沒有啦，因為妳從剛才就一直在玩弄髮尾，感覺心神不寧的樣子。」

「唔嗯……」

六喰聞言，將視線落在自己的手指上。

「郎君真是仔細注視著妾身呢。不過，毋須介懷，妾身無妨滴。」

「滴？」

「…………」

即使士道歪頭表示不解，六喰也一副毫無察覺自己口誤的樣子，再次將視線移回前方，玩起頭髮。

哎，六喰都說無妨了，自己再追問就顯得太囉嗦了。因此，士道只好苦笑著面向前方。

不知經過了多久。

「郎君、郎君。」

「嗯？什麼事？」

聽見六喰的呼喚，士道轉頭望向她，便看見她把髮尾抵在自己的鼻子下。

「鬍子。」

「噗呼！」

事發突然，士道不禁猛咳。

看來坐在駕駛座上的〈拉塔托斯克〉機構人員椎崎也透過後照鏡看到了這一幕，車子稍微蛇行了一下。

「冷、冷靜點，六喰，沒必要那麼緊張。」

「唔嗯？我很冷靜啊。」

「…………」

怎麼看都不冷靜啊……不，可能只是她沒有自覺，這顯然不是平常的她會做出的舉動。雙眼游移不定，不停地抖腳，偶爾會像剛才那樣做出莫名的搞笑行為。

……不過，這也難怪吧。

畢竟這輛車現在——正前往六喰以前居住過的城市。

「……唔嗯。」

六喰將手放在膝蓋上，按住不斷搖晃的雙腿。

雖然六喰本人沒什麼自覺，但從士道的反應看來，她似乎有些心神不寧。讓士道擔心並非六喰的本意，她深呼吸了一口氣好讓心情平靜下來。

不過，一想到現在正要前往的地方，她的心臟便與她的意志背道而馳，越跳越大聲。

「…………」

——根據〈拉塔托斯克〉的情報，六喰的雙親和姊姊還住在那個城市。

雖說是雙親和姊姊，他們和六喰並沒有血緣關係。

而是領養孤兒六喰的收養關係。

教導六喰愛為何物，無可取代的家人。

而六喰卻親手破壞了自己過去的容身之處。

如今六喰打算再次踏進那充滿許多回憶與後悔的地方。

「……六喰，雖然妳人都來到這裡了，但如果妳不想去，不用勉強——」

士道眼神憂慮地說道。不過，六喰緩緩搖了搖頭，回答：

「無妨，因為妾身現在有郎君你陪在身邊。」

沒錯，六喰已不再是孤單一人。她有願意成為自己家人的士道伴隨左右，還有背負曾身為精靈這個相同經歷的夥伴們，所以她今天決定面對自己的過去。

——年幼時期無依無靠的六喰被星宮家收養。

溫柔的雙親、最愛的姊姊，在家人溫暖的包圍下，生活得幸福和樂。

美滿的家庭是從何時開始產生裂痕的呢……是姊姊帶自己不認識的朋友回家時開始的。

其實並沒有發生什麼大不了的事情，就只是如此而已。然而，那名朋友的存在看在當時的六喰眼裡，就像是侵略者，搶走自己最愛的姊姊。

〈幻影(Phantom)〉就在是這時出現在六喰的眼前，將她變成了精靈。

六喰在獲得鑰匙天使〈封解主〉的力量後，隨心所欲地操縱人心，無邪地改造自己周圍的世界，讓雙親和姊姊只愛自己一人。

不過，六喰行使杜撰的力量一事馬上就被姊姊和雙親知道了。

他們目睹六喰施展超越人類智慧的力量後，表現出——恐懼，以及拒絕的反應。

如今想來也怪不得他們。畢竟自己曾經當作女兒看待的少女，竟然在不知不覺間變成了非人的生物，也難怪他們會害怕。

不過，當時的六喰無法接受他們的反應。

家人是她的全部，被家人拒絕無非代表——自己的世界就此崩塌。

六喰利用〈封解主〉「關閉」姊姊和雙親的記憶後，逃到無人可及的宇宙。

並且將〈封解主〉刺向自己的胸口，選擇封鎖自己的內心，永遠飄流。

無思、無感、無慮。

只是個宛如石頭飄浮在地球四周的沉默個體。

多麼自私、任性又無藥可救的精靈啊。那便是昔日的星宮六喰。

不過——數年後，出現一個超級雞婆的人發現了她，硬是對她伸出援手。

那就是五河士道，六喰如今新的家人。

「……所以——無論看見什麼畫面……妾身都已無礙了。」

「六喰……」

「眉毛。」

「噗咳！」

六喰將髮尾抵在眼睛上方嘟囔一句後，士道劇烈猛咳。順帶一提，車子又蛇行了一下。

「我、我說妳啊……」

「對不住、對不住，開個玩笑。」

六喰輕聲笑道，緊握拳頭，眺望窗外。

還殘留著過去樣貌的景色從左往右飛逝而過。綠意盎然的郊外住宅區，獨棟的房子零零星星坐落，每棟的間隔比都市寬鬆。

「──能否在這一帶停車？」

在汽車來到略高的小山丘附近時，六喰出聲說道。於是，坐在駕駛座上的椎崎慢慢踩下剎車，輕聲回應：

「停在這裡可以嗎？」

「唔嗯。」

六喰如此說道，解開安全帶下車。於是，士道也跟著下車，站到六喰身旁。

「……嗯？妳家是哪一棟啊？」

士道一邊說著一邊疑惑地環顧四周。這也難怪，因為六喰指示停車的地方並未看見類似她家的房子。

「是那一棟。」

六喰簡短說完，指向約一百公尺外的一間民房。

光是這樣的動作就令她感到緊張──我懷念的家。修整得無微不至的庭院，年月已久的牆面。深藍色屋頂附有天窗，從天窗可以爬上屋頂。

啊啊，對了。和姊姊兩人爬上屋頂看星星的年幼時光，如今記憶猶新。

「——！」

六喰憶起這件事後，指向房屋的手指便微微顫抖。呼吸紊亂，纏繞在肩膀上的頭髮因此跟著晃動。

「…………」

大概是察覺到六喰的反應，士道默默將手放在六喰的肩上。士道的手溫暖的觸感令六喰終於恢復平靜。

「……對不住，郎君。我自認為已經下定決心了。」

「沒關係，我的處境也跟妳差不多。」

說完，士道輕輕笑了笑。這麼說來，士道也跟六喰一樣是被五河家收養的孤兒——不過，士道的情況又複雜一些就是了。

就在這時——

「…………！」

六喰肩膀抖了一下，將望向士道的視線移回她家的方向。

——因為她家的門突然打開了，走出三道人影。一名是年約五十的男性，一名是與男性年紀相仿，看起來和藹可親的女性，而另外一名則是——年約二十五歲，五官深邃的高挑女性。

「啊——」

喉嚨發出細微的聲音。

沒錯，不可能弄錯。

雖然他們年紀增長了一些，但無庸置疑是——

過去接受六喰成為一家人的雙親和姊姊的身影。

「爸爸……媽媽……姊姊……」

大概因為是假日，三人身穿便服，一派輕鬆地談天說笑。

肯定是要出門買東西吧。

那副模樣怎麼看都像是個幸福的家庭。

「——啊……啊，啊啊……！」

六喰見狀——

當場跪跌在地，輕聲嗚咽。

「……！六喰！妳沒事吧！」

看見六喰突如其來的舉動，士道一臉擔憂地彎下膝蓋。

然而，奪眶而出的淚水卻不停，止不住地滴滴答答落下，滲透進地面。臉頰泛紅，鼻子堵塞，從喉嚨深處流洩出呻吟般的聲音。

不過，那絕非人稱慟哭的情緒，也不是出自悲傷或後悔。

沒錯，如今充滿六喰肺腑的——

「…………『太好了』……！」

——是這種安心的念頭。

啊啊，像這樣親眼目睹雙親和姊姊後，六喰才發現。

原來自己——一直很害怕，害怕得無以復加。

數年前，六喰利用天使的能力將過去的家人腦海中有關她的記憶全部「封鎖」。

她始終很害怕自己犯下的過錯會讓親愛的家人陷入不幸。

聽琴里提起現在的星宮家後，也完全無法消除這樣的憂慮。

不過，如今出現在六喰視線前方的星宮家所有成員只是年齡稍長，依然是她記憶中那個幸福美滿的家庭。

「真是……太好了……」

「六喰……」

大概是從六喰的話語以及表情推測出她的心情，只見士道溫柔地撫摸她的背。六喰摸索著抓住士道的衣袖後，用力擰轉般緊握。

「……呃，六喰、士道！動作快！不然他們一家人要外出了！難得特地來見他們的！」

椎崎慌慌張張地從六喰和士道的背後出聲催促。

的確如她所說，六喰的雙親和姊姊正要乘坐停在車庫的汽車——順帶一提，好像是姊姊開車。六喰內心湧起莫名的感慨：啊啊，原來她考到駕照了啊。

「……無妨。」

六喰調整呼吸後用手背拭淚，慢慢站起來。

「……只要知道姊姊他們過得幸福便夠了。」

她從遠方注視著坐進汽車的家人，接著說：

「——如果他們是因為忘記妾身才過得如此幸福和樂，妾身又怎忍心打擾。」

隨著澪的消逝，所有精靈之力也跟著一併消失，就連六喰曾經擁有的鑰匙天使〈封解主〉也不例外。

不過據琴里所說，就算天使消滅，先前被天使之力改變的東西未必會立刻恢復原狀。如同美九利用「聲音」操縱大眾的記憶那樣，六喰的家人很有可能依舊想不起她。

但這也意味著有可能因為些許契機而解鎖——若是和六喰見面，那一瞬間，「封鎖」的記憶或許會就此甦醒。

「怎麼這樣……這樣真的好嗎？」

「——這樣最好。」

六喰如此說道，朝家人駛離的車輕輕揮手。

直到看不見車子後才動作誇張地吸了一大口氣。

「嗯——」

感覺一股活力滲透進身體的每個角落。六喰抬頭仰天，解開纏繞在肩上的三股辮，彷彿踏著舞步在四周翩翩起舞。

——美麗的金色頭髮隨風飄逸，在陽光照射下閃閃發光。

六喰最重視的東西；那頭曾被姊姊稱讚漂亮的頭髮。

「……呼。」

六喰以眼角餘光捕捉到髮絲的蹤影後莞爾一笑，將視線移回士道等人身上。

「吶，郎君，剪刀或其他物品皆可，你有沒有能切斷東西的工具？」

「咦？」

「我是有一把小美工刀啦……」

士道雙眼圓睜，思索了一下，然後打開車門，從儀表板上拿來一把小美工刀。

「正好。」

六喰輕輕點頭，接過小美工刀後推出刀片——

「——唔嗯。」
她隨手抓了一把長髮，一鼓作氣地割斷。
「什麼……！」
「咦咦！」
士道與椎崎發出驚愕的聲音。
兩人的表情莫名好笑，令六喰笑了好一陣子。
「有何驚訝？郎君你不是說過要幫妾身剪髮嗎？」
「這……是沒錯啦……可是一下子剪這麼多，可以嗎？」
「無妨。」
六喰表情開朗地說完，眺望家人駛離的道路。
「雖然郎君曾言要替妾身剪髮，但妾身之前內心深處肯定還感到有些迷惘吧……不過，剛才目睹姊姊他們後，妾身才終於下定決心。」
決定要脫胎換骨，不再出現在家人面前。
還有什麼行動能比剪髮更能表現自己堅定的意志呢？
「——這樣啊。」
士道猶豫片刻後才如此說道，展露微笑。

憑士道溫柔的個性，或許對六喰不見家人的選擇有什麼想法，但他最後還是決定尊重六喰的意思。

話語雖短，卻包含了他體貼的心意。這一點令六喰十分開心，對士道綻放笑容。

「唔嗯……不過，自己動手果然剪不好呢——回家後，可以請郎君幫妾身修剪整齊嗎？」

六喰說完，士道目瞪口呆了一會兒——

「好啊，交給我吧。我會讓妳變成全世界最漂亮的女人。」

然後他莞爾一笑，如此回答。

◇

——心臟跳得越來越激烈。

額頭和背部冒汗，感覺喉嚨卡卡的。指尖麻痺，連用雙腿站立也顯得困難。

士道和六喰的家人正處於危險狀態。光想到這裡，六喰便坐立難安。

「唔……！」

她半無意識地朝作戰指揮室的地板一蹬。

「——六喰！」

琴里的聲音從背後傳來。不過，六喰不予理會，走向作戰指揮室的出入口。

然而就在她即將踏出指揮室時，一名少女一個箭步走到她的面前，宛如早就預料到她會如此行動。

「六喰，妳要去哪裡？」

少女面臨如此困境，卻以冷靜到不自然的聲音詢問。她擁有一頭潤澤的黑髮，以及如白瓷般的肌膚。她清澈的眼神流露出不符合她年紀的妖豔感。

她是時崎狂三，曾被譽為最邪惡精靈的前精靈之一。

「……毋須多言，當然是艦橋。彼處有傳送裝置吧。抵達該地點後，妾身要將自己傳送到地上。」

「什麼……」

六喰說完，背後傳來一道慌亂的聲音。不過狂三並未表現出吃驚的舉止，只是瞇起眼睛說：

「我明白妳的心情，但現在的妳能做什麼？沒任何準備貿然前往，就只是白白送死而已。」

「……無所謂。若妾身能分散〈野獸〉的注意力，為郎君爭取一線生機，提升一丁點郎君阻止〈野獸〉的可能性，妾身即使犧牲性命亦在所不惜。」

「哎呀、哎呀……」

狂三伸出指尖撫摸下巴，戲謔地歪了歪頭。六喰對狂三的態度感到有些惱怒，推開狂三，想要向前進。

「別阻止我，狂三。我——」

「我當然要阻止，怎麼能平白失去寶貴的戰力呢。妳說是吧——折紙？」

「唔嗯……？」

聽見狂三出乎意料的發言，六喰瞪大了雙眼。

這時，又有另一名少女走了出來。她擁有一頭及肩的頭髮，沒有表情的臉龐——她是前ＡＳＴ隊員，也是士道的同班同學，鳶一折紙。

折紙保持冷靜的神情，但眼瞳深處充滿意志，目不轉睛地凝視著六喰的雙眼。

「——既然妳已做出如此覺悟，倒是有一個方法。」

「方法……？」

六喰微微皺起眉頭，如此反問。

◇

「——嗯嗯……」

深夜，朝妃從輕易無視勞動基準法的公司下班，聚餐完走在回家的路上時，自然而然地伸了一個懶腰。

背部微微嘎吱作響，肩膀發出低沉的聲音。明明才二十五歲，身體竟然如此僵硬。她有些自嘲地笑了笑，不經易將視線往上抬。

滿天星斗……是不至於啦，但能看見稀稀落落的星星。那些許光輝撫慰了朝妃的心靈，使她不禁吐了一口氣。老實說，她有些不滿足，但總比都市中心的黑夜好多了。

朝妃從小就喜歡星星。

她也說不上來為什麼，反倒想問問看有誰懂事時看見鑲嵌在天空中熠熠生輝的星星不會著迷的——不過，也許自己的名字也是喜歡星星的原因之一吧。

「……感覺好久沒抬頭看星星了呢。」

脣間突然吐出這句話。

並非身旁有說話的對象，深夜的街頭靜謐無聲，除了朝妃以外不見其他人影。

只是有些感慨罷了——看見星星的機會大幅減少。自己在學生時期幾乎每天都爬上老家的屋頂觀星呢。

記得當時的夢想是成為天文學家。指出星星的位置，描繪星座，得意地述說自己的夢想——

「奇怪？」

就在這時，朝妃歪過頭。

一邊觀賞星星一邊談論夢想，這件事千真萬確，然而自己卻想不起是跟誰談論夢想。是朋友、媽媽，還是妹妹呢……朝妃如此思索，隨後搖頭否定。如果自己有妹妹，肯定是跟妹妹談論夢想吧。遺憾的是，自己從小就是獨生女。

「…………」

反正以前的記憶總是朦朧不清吧。朝妃在腦海中做出如此結論後，輕輕聳了聳肩。

於是——

「嗯？」

就在這時，視野一隅有某種閃閃發光的東西。

「咦，難不成是流星？」

朝妃連忙望向那個方向，瞇起眼睛對準焦點。

結果看見某個東西在漆黑的夜空中描繪出光之軌跡。

不過——樣子怪怪的。照理說應該轉瞬即逝的流星光芒看起來卻逐漸增強亮度。

沒錯，宛如漸漸逼近這裡——

「————！」

下一瞬間。

朝妃感覺視野一片明亮，隨後一股強烈的衝擊波迎面而來。

◇

——爆炸聲和閃光蹂躪感覺器官。

「唔唔……！」

與此同時，身體受到強烈的衝擊，令士道不禁發出低沉的苦叫。

全身隱隱作痛，視野閃閃爍爍，彷彿一不留神就會失去意識。

不過，士道以強韌的意志克服所有難關，咬緊牙根，用力得就快要把臼齒咬碎般，搖搖晃晃地撐起身子。

若是在兩年前，士道肯定撐不下去吧。然而，在歷經面對無數精靈和巫師(Wizard)，施展超凡的力量後，對他而言，如今這種狀態根本算不上「最壞」。

他意識尚存、視力未失、手腳能行動、內臟也沒有致命性的損傷——大概吧。

這樣便足夠了。士道想做的並不是鬥爭。他這副身體如今渴求的並非打倒對方的暴力，而是呢喃細語、互相擁抱的親愛表現。

沒錯。士道在心中獻上感謝：幸好自己「只受了這麼點傷」。

士道的身體周圍正展開類似隱形薄膜的東西——也就是隨意領域，利用顯現裝置形成的超凡結界。看來六喰有確實理解士道想表達的意思，把狀況傳達給瑪莉亞他們。

畢竟是從高度一萬五千公尺處自由落體，若是沒有這個結界保護，士道的身體就算摔成一灘爛泥就不足為奇。

不過，從現在起才是關鍵。士道慢慢調整呼吸，抬起頭。

擴展在四周的並非天宮市內的夜晚街景。看來因為〈野獸〉在空中大鬧，偏離了原本應該落下的位置。而且因為〈野獸〉與士道墜落的衝擊，造成地面上有一個大窟窿。鋪好的道路下陷，街燈被壓扁，電火花四濺。

而那名少女——

「————啊，啊啊————」

沐浴在月光下，佇立其中。

〈野獸〉，這世上唯一的精靈。

「……好。」

士道看見她的身影，輕輕握起拳頭——確定自己的直覺並沒有錯。

〈野獸〉恐怕擁有像六喰的〈封解主〉那像能夠穿越空間的劍。如果她使用那把劍，再怎麼遠離〈佛拉克西納斯〉也毫無意義。

不過，根據〈野獸〉在艦內說過的話，士道的腦海浮現一種可能性。

沒錯，那便是士道的存在。

不知為何，〈野獸〉似乎是追著士道來到〈佛拉克西納斯〉。既然如此，只要士道和她一起離開艦艇，她應該就不會再攻擊〈佛拉克西納斯〉。

搞不好那並非思慕或好奇這類美好的理由，而是不能讓獵物逃走這種執著的表現——即使如此也無所謂。

就算那並非親愛之情，只要身為獵物的士道對她而言是「特別」的，就十分有意義。

因為那表示她至少擁有「執著」這種感情。

「你這傢伙……」

〈野獸〉身軀宛如水氣蒸發所造成的陽焰現象般搖曳，怒視士道。士道吐了一口氣好讓心情平靜下來後，正面直視她射殺般的視線，回答：

「不要總是叫我『你這傢伙』嘛，我的名字是五河士道——請多指教啊。」

「……五……河，士……道……？」

〈野獸〉發出沙啞的聲音呼喚士道的名字後——

「……唔，啊，啊，啊，啊，啊，啊，啊——」

宛如感覺到一陣劇烈的頭痛般按住腦袋，發出近似呻吟的吶喊。

「……！妳、妳沒事——」

「啊……啊啊啊啊啊啊──！」

士道擔心突然感到痛苦的〈野獸〉，想要靠近她，但〈野獸〉似乎不允許士道接近。她發出咆哮，同時揮舞背後位於左邊的那把劍。

瞬間，劍身突然一亮，隨後發射出無數條光線，破壞周圍。

「唔……！」

士道朝地面一蹬，連忙躲開。就算有隨意領域保護，也不能直接受到天使的攻擊吧。

就在這時──

「什麼……」

士道發現了一件事。

那就是在士道和〈野獸〉落下不久後，周圍響起尖銳的警報聲。

「非避難地區……！」

士道呻吟般擠出聲音。

沒錯。在〈野獸〉出現後，天宮市內立刻發布了空間震警報，但這個地區似乎尚未發布避難勸告。

所幸士道他們掉落的地點並沒有住宅，但窟窿的周圍可見零零星星燈火通明的建築物。要是〈野獸〉繼續胡鬧，將會造成嚴重的損害吧。

「唔……！」

士道愁眉苦臉，凝視著〈野獸〉，動腦思考——原本士道以為自己一人應付得來，但情況如此的話又另當別論了，總不能讓居民遭受池魚之殃。這裡看起來是郊外，人口也不多，但現在是深夜，居民避難需花費的時間應該會比白天長。究竟要花幾分鐘，居民才能離開周圍？自己是否能在這段期間壓制〈野獸〉？不對，不是壓制，而是虜獲她的芳心。除此之外，別無他法——

「——啊啊啊啊啊啊啊啊！」

〈野獸〉吼叫，打斷士道的思考。同時，她的劍再次發射出無數光線。

由於士道剛才陷入思考，動作便慢了一步。白光劃破黑夜，命中士道的肩膀。

「唔……！」

衝擊。包覆士道身體的隨意領域對此產生反應，集中強度保護命中的那一點。

拜此所賜，士道才免於手臂斷掉的下場——不過，隨意領域似乎承受不了那道衝擊，保護士道的隱形結界竟然無聲無息地煙消雲散。

換句話說，代表「下次」可沒這麼好運了。

「……！」

不過，士道怎麼能夠逃離現場。現在可不能讓士道這個目標遠離〈野獸〉面前。如果她隨意胡鬧，會傷害到尚未避難的周圍居民。

所以士道再次下定決心。他踏穩雙腳，舉起雙手，像要叫破喉嚨似的大喊：

「——我！想了解妳！妳究竟是誰？妳的願望是什麼？我對妳沒有敵意！只是想和妳說話而已！」

「————，————」

士道說完，〈野獸〉對他的聲音產生些微反應。

不過——僅止於此。

「啊啊……！」

〈野獸〉發出短促的叫聲後，揮舞手上的劍。

光線劃破黑暗，朝士道延伸而去。

「唔——」

士道繃緊身體，準備承受衝擊。

當然，即使採取這樣的姿勢，人類的血肉之軀也不可能承受得了天使的攻擊。不過士道並未放棄，他不想捨棄自己能選擇的選項。

——正因如此，士道才沒有錯過某個畫面。

有一道光從天而降，阻擋了〈野獸〉的攻擊。

「咦……！」

該不會碰巧有隕石從天而降吧？事發突然，士道瞪大雙眼，抬起頭。

便看見釋放出朦朧光輝的菱形巨大「葉片」。

〈世界樹之葉〉——〈佛拉克西納斯〉引自為傲的自動運轉Unit。看來拯救士道的並非奇蹟，而是〈佛拉克西納斯〉。

然而不只如此，有一道嬌小的黑影降落到仰望天空的士道身邊。

「——郎君，你可安好？」

「！六喰！妳怎麼會在這裡！」

看見出現在眼前的少女，士道不禁大喊。

沒錯，本應在〈佛拉克西納斯〉內的少女六喰竟然降落到地上。

——她的頭戴著小型的頭戴式耳機。

「唔嗯。由於〈佛拉克西納斯〉被破壞，無法操作〈世界樹之葉〉——妾身等人便來到地上，成為〈世界樹之葉〉的『眼睛』。」

「妳說什麼……！」

士道驚愕得瞪大雙眼，背後便傳來好幾道腳步聲回應：

「……該怎麼說呢，算是順勢而為吧。」

「呵呵，吾等駕到後，汝便毋須擔心了！」

「輔助。夕弦等人來為你開路。」

「就是說啊～～！只有達令你跟精靈約會，太奸詐了～～！」

跟六喰同樣戴著耳機的少女們妳一言我一語，走上前來。

七罪、耶俱矢、夕弦、美九。

以及從她們身後出現的折紙、二亞、狂三與四糸乃。

九名少女各自帶著一具巨大的〈世界樹之葉〉，踏上戰場。

「妳們——」

看見這幅壯觀的景象，士道握緊拳頭。

——這裡是危險萬分的戰場，要對抗的是凶惡粗暴的神祕精靈，並非失去靈力的她們應該存在的地方。

「快逃。」「不要過來。」「這裡很危險。」——

通常會對她們說這種話吧。實際上，如果是兩年前的士道肯定早就這麼說了。

不過，現在的士道能明白。

她們是做好何種覺悟才站在這個地方。

如同士道不希望她們受傷，她們也一樣——或許更加重視士道。

所以，必須對她們訴說的話語早有定案。

「——嗯。拜託妳們了，請助我一臂之力。」

聽了士道說的這番話——

「「……！」」

少女們以各自的話語回應。

「唔嗯——」

六喰從喉嚨發出低吟後，大幅擺動雙手。

於是像是呼應她的手勢，飄浮在空中的金屬製巨大「葉片」發出宏亮的驅動音，跟隨在六喰背後飛行。

沒錯。這就是折紙在〈佛拉克西納斯〉的作戰指揮室中提到的妙計。

被〈野獸〉破壞的終究是操作系統和感應類的部分，〈世界樹之葉〉本身還健在，所以只要在〈佛拉克西納斯〉驅動顯現裝置，以人為的方式操作就好——

而自告奮勇擔任操作人員的便是六喰這些曾經身為精靈的少女們。

折紙說就算交給〈佛拉克西納斯〉負責驅動顯現裝置，沒有受過巫師訓練的人還是難以自在地操縱Unit。

不過，顯現裝置原本就是以精靈之力為範本製作出來的東西，若是曾經擁有靈力，揮舞天使的六喰等人應該能以感覺操縱無形的力量。

實際上，操作〈世界樹之葉〉的感覺跟操縱天使十分相似——至少在她們出擊後，立刻便阻止了〈野獸〉逼近士道的攻擊。

「…………啊啊……」

〈野獸〉依序瞪向六喰等人，發出低吼。

那副模樣看起來像在對突然出現在眼前的新敵人表示警戒——不過也像是對自己的攻擊被阻止一事感到不可思議。

這種狀況正是士道等人求之不得的。六喰她們確實正在施展超越人類領域的力量，但這終究只是為了指示〈世界樹之葉〉攻擊的方向。況且，既然〈世界樹之葉〉的力量比不上精靈，只要精靈憑蠻力迎面攻擊，六喰等人肯定馬上就會被打個落花流水。

這一點，身為司令官的琴里再清楚不過，她透過頭戴式耳機從艦橋下達指示：

『——分成三組！三人負責對付〈野獸〉！三人負責保護士道！然後——三人負責援救附近的居民，幫助他們避難！……〈世界樹之葉〉是不為人知的高端技術，現在沒時間詳細解說了！接下來的情報操作就交給我這邊處理，妳們各自全力以赴！』

「「了解！」」

少女們回應琴里的號令。
於是，她們朝地面一蹬，以便完成各自的職責。
折紙、耶俱矢、夕弦包圍住〈野獸〉。
狂三、四糸乃、美九站到士道背後。
而六喰、七罪和二亞則是離開戰場，前往被破壞的街道。
她們會這麼分組並非事前聽從詳細的指示，只是戴上瑪莉亞交給她們的耳機，自己的意識與〈世界樹之葉〉連結的瞬間，所有人便隱約了解了自己的職責所在。
〈世界樹之葉〉本身並沒有明確的性能差異，但是操作它的少女們根據過去擁有的天使與靈力的性質，各自有擅長的領域。
六喰當然也想保護士道，但她明白現在各自盡己所能便是對士道最大的幫助。她與二亞、七罪在地上奔馳，抵達崩塌的建築物現場。
「好，那我們上吧，〈世界樹之葉〉！」
說完，二亞「啪！啪！」地以誇張的動作擺出像特攝英雄的姿勢。七罪見狀，臉頰冒汗並翻了白眼。
「……妳那樣有什麼意義嗎？」
「妳在說什麼啊，七果。機器子不也說了嗎？重點在於自己堅信不移的態度。所以，展開世界樹搜尋！」

二亞吶喊神祕的招術名稱，閉起雙眼集中意識後，她所操作的〈世界樹之葉〉便發出高亢的驅動音並擴大隨意領域。

「……嗯！那邊的建築物下面有兩人，那邊有一人！好在所有人都是輕傷，意識清醒！七果、小六，拜託妳們了！」

「了解……」

「明白。」

七罪與六喰聞言，分頭前往二亞指示的建築物。

沒錯，曾經擁有無所不知的天使〈囁告篇帙〉(Rasiel)的二亞善於利用隨意領域來搜尋，而曾經擁有〈贗造魔女〉(Haniel)、〈封解主〉這種特殊能力天使的七罪和六喰，則是擅長巧妙地操作隨意領域。

「——唔嗯。」

六喰集中注意力操作〈世界樹之葉〉，用隨意領域包圍崩塌的建築物。

然後極為溫柔地讓瓦礫飄浮起來，避免傷到被困在瓦礫下方的人。

於是，瓦礫下方出現了一名抱頭蹲坐的男子。

「你沒事吧？」

「咦？妳、妳是……」

六喰出聲攀談後，男子肩膀微微顫抖並抬起頭，立刻便發現原本困住自己的瓦礫飄浮在空中，驚愕得瞪大雙眼。

「是空間震，前往避難處為妙。你有辦法獨力站起來嗎？」

「咦，啊……這、這樣啊……謝謝……」

大概是以為自己在作夢，只見男子捏了捏臉頰，搖搖晃晃地站起來，跑向避難所。

「唔嗯，換下一處——二亞。」

「ＯＫ，這次麻煩妳去那邊～～！」

六喰目送男子離開後，接受二亞新的指示，接二連三不斷救助居民。

於是——

「……唔，啊……」

「振作點，妾身立刻幫妳清掉瓦礫——」

不知幫到第幾個人，正當六喰要救一名被倒塌的圍牆壓住而動彈不得的女性時——

「啊——」

她稍微屏住呼吸。

注意力頓時分散，差點讓好不容易飄浮的瓦礫掉落。她連忙保持隨意領域，立刻挽救回來。

不過，她六神無主的精神狀態並未因此恢復正常。原本節奏規律的心臟突然像敲響警鐘般急速跳動，皮膚同時冒出汗水。或許就連面對〈野獸〉時，她的內心都不曾如此動搖。

「喂、喂，小六，妳這是怎麼了？為什麼僵在那裡，發生什麼問題了嗎？」

大概是覺得六喰看起來不對勁，二亞從她背後如此問道。

不過，現在的六喰沒有心情回應她。

然而這也難怪。

因為，位於她眼前的是——

「——姊——姊……？」

六喰過去由衷景仰的親愛的姊姊。

「咦——……」

朝妃——「星宮朝妃」怔怔地聽著從自己喉嚨發出的聲音。

她在朦朧的意識中想起自己發生了什麼事——啊啊，對了。自己在下班回家的路上看見巨大流星的下一瞬間，受到強烈的衝擊波襲擊。

該不會真的被隕石掉落的衝擊波牽連吧？……不對，如果真是如此，自己現在早就命喪黃泉了。朝妃全身上下隱隱作痛，但這也代表她還活著。

「…………？」

接著，朝妃發現直到剛才都壓在自己身上的水泥圍牆重量消失了。

她原本以為是搜救隊或自衛隊來救自己——然而，並非如此。定睛一看，碎得像餅乾一樣的水泥塊宛如失去重力，在朝妃的上方輕飄飄地浮著。

「這、這是怎麼回事……」

簡直莫名其妙，難不成圍牆倒塌時撞到自己的腦袋了？朝妃戰戰兢兢地摩娑著自己的側頭部，皺起眉頭。

就在這時——她發現了另一件事。

自己的眼前站著一名身材嬌小的少女。

「——啊。」

五官看起來像國中生；修剪整齊，如絹絲般的頭髮在月光照射下閃閃發光。

由於那副模樣太過美麗，朝妃瞬間還以為是上天派來迎接自己的使者，不過——看見她的表情，朝妃立刻改變了這個想法。

少女驚愕得瞪大雙眼，嘴脣微微顫抖，宛如目睹了什麼出乎意料的東西。

而她的視線集中在朝妃身上。朝妃連忙看看自己的身體——然而，她的身體並沒有會令她感到戰慄的嚴重傷勢或缺陷。

「呃，那個……我的臉怎麼了嗎……？」

「……！沒、沒有……」

朝妃一臉困惑地詢問後，少女便赫然回過神，抖了一下肩膀，搖頭否定。

然後她遮住臉龐，再次對朝妃說：

「妳……站得起來嗎？此地十分危險……最好立刻前往避難。」

「咦……啊，嗯。該不會，是妳救了我吧……？」

「……唔嗯，算是吧。」

「…………」

看見少女猶豫不決地點頭承認，朝妃微微皺起眉頭。

因為當她聽見少女獨特的說話方式後，頭腦突然隱隱作痛。

一時之間還以為是自己的腦袋跟不上事態的發展——突如其來的流星、爆炸、崩塌，然後出現一名女孩以不可思議的力量拯救自己。她有超能力嗎？還是魔法師？自己現在是在作夢還是看見幻覺？如此一想，也難怪會感到頭痛了。

不過，不知為何——

朝妃強烈地認為她的頭痛源自更根本的某個原因。

而且在看見這名少女的長相，聽見這名少女的聲音後，自己對這名少女的好奇更勝於發生在自己身上的各種超常現象。

就連朝妃自己也覺得莫名其妙，完全無法解釋為何會對初次見面的少女抱持著這種感覺。初次見面——沒錯，應該是初次見面才對。自己的記憶中並不存在她的身影，然而——

「……！」

就在這時，某處傳來震耳欲聾的爆炸聲，嚇得朝妃身體抖了一下。

「唔……開始了嗎？請快點前往避難……！」

少女望向爆炸聲來源方向，高聲吶喊。

「我、我知道了……」

雖然搞不清楚狀況，看來是附近發生了什麼大事。朝妃無視腦中產生的疑問和不信任感，雙腿用力。

她內心的確有股莫名的感覺，但目前最重要的是自己的性命。這時最好聽從少女的建議，盡早前往避難為妙。朝妃如此判斷後，當場站起來。

不過——

「哇、哇哇！」

大概是急著站起來的緣故，朝妃失去平衡，倒向前方。

「……！姊姊！」

於是，少女立刻抓住朝妃的手，支撐住她的身體。

瞬間——

「啊……」

腦中產生的感覺令朝妃視野閃閃爍爍。

少女手的觸感以及口中吐出的那個稱呼。

打個比方——就像是腦中上的鎖被打開的感覺。

原本被封鎖的記憶如排山倒海般襲捲而來，填滿整個思緒。朝妃突然感到一陣強烈的暈眩，四肢指尖麻痺。好不容易有人支撐住自己，卻難以站立。

啊啊，原來如此。

——自己認識這名少女。

為什麼會遺忘呢？這名少女是——

「……六、喰……」

「——！」

聽見朝妃說的話——

少女——六喰微微屏息。

六喰，星宮六喰。是過去來到朝妃家成為養女的女孩。

最大的特色是一頭美麗的長髮，總是跟在朝妃身後，是她可愛的妹妹。一直想要一個妹妹的朝妃也非常疼愛六喰，可說是到了溺愛的程度。

不過……啊啊，對了。

不知何時——六喰變成了自己不認識的「某種東西」。

變成施展超越人類智慧的力量操縱人心，來歷不明的「某種東西」。

偶然發現這件事的朝妃恐懼——拒絕六喰。

甦醒的記憶，最後一幕是——

六喰流著淚凝視自己的臉龐——

「…………！」

之後的事，朝妃已不復記憶。

至少從那時起到方才為止，自己都遺忘了六喰的存在。

不，不只朝妃，連父母和周圍的人也是如此。

沒有人記得六喰，彷彿朝妃有個妹妹的事實本身都不曾存在過。

如今回想起來，大概是六喰對朝妃他們動了什麼手腳吧。宛如在證明這一點，六喰現在也展現出超凡的能力——自那時起過了好幾年，歲月卻沒有在她身上留下痕跡。若要說外表有什麼改變，頂多只有頭髮剪齊了吧。

自覺到這一點的瞬間，原本遺忘已久的恐懼再次復甦。就像是某天來歷不明的東西化身成自己妹妹的那種感覺。

「——————」

六喰大概是察覺到朝妃的心思，便膽怯得肩膀一顫，慢慢放開朝妃的身體。

「……平安無事便可……盡快移動到安全之處吧。」

然後強顏歡笑地如此說完，背對朝妃。

「啊——」

朝妃見狀，感覺心臟一陣揪痛。

當時的六喰的確非常可怕。

但是眼前這名少女又如何呢？

那副儘管再次被久別重逢的姊姊拒絕，依然堅強地關心她的安危的模樣——

「——六喰！」

回過神後，朝妃已經叫住正打算離去的六喰。

「……！」

六喰微微晃動了一下，停下腳步。

不過，朝妃也不知道接下來該說些什麼才好。

六喰當時的確已不是常人了吧。得知祕密曝光的六喰從此消失在朝妃等人面前——朝妃等人甚至沒有認知到這件事，就這樣度過了好幾年。

朝妃腦海裡產生的是無與倫比的恐懼，還有與之不相上下的深深的後悔。

啊啊，那或許是朝妃長期以來被封鎖住的感情。因為忘記六喰而無法感受到的情緒；因為沒能意識到六喰從自己身邊消失而無法贖罪。

倘若有更多時間，或許就能聆聽六喰的想法。

倘若多思考幾天，或許就能理解六喰的心情。

然而當時的朝妃只能被恐懼支配——拒絕六喰；只能推開可愛的妹妹。

可是六喰拯救了這樣的朝妃。

而她現在正打算前往某處。朝妃不清楚實情為何，但她能理解六喰現在正準備完成她的使命，就像拯救朝妃一樣，去拯救其他人。只有這一點——朝妃隱約能夠理解。

——既然如此，朝妃該說些什麼才好？究竟該對曾經拒絕、背叛過一次的最親愛的妹妹說些什麼才好？

不能傷害她；不能封鎖她的道路；不能讓她戀戀不捨；不能讓她感到迷惘。

猶豫了半天，朝妃說出的話是——

「……妳……剪頭髮了啊……」

這句極為無關緊要的日常對話。

不過，這也無可奈何。因為在思緒紛亂與動搖的狀態下，她唯一能說出口的就只有這句話。

「——！……唔嗯……」

六喰聽見朝妃說的話，視線微微游移了一下。

看得出她似乎有些害怕。

「……對不住，我本來不打算再出現在姊姊面前了。可是……」

六喰聲音微微顫抖，如此說道。

朝妃一語不發地走向六喰，慢慢伸出手觸摸她的頭髮。

剪齊及背的頭髮被塵土與煤炭弄髒，肯定還流了大量汗水吧，觸感也十分粗糙，跟朝妃記憶中那絹絲般的觸感簡直天差地別。

不過，能從她那頭髒亂的頭髮清清楚楚感受到她一路走來的經歷。

刻劃著朝妃所不知道的六喰的人生。

「……比那時還要漂亮多了。」

「……！」

朝妃面帶微笑如此說道，最後摸了一下六喰的頭後才收回手。

「加油。」

「————————唔嗯。謝謝妳，姊姊。」

朝妃說完後——

六喰輕輕頷首，再次移動停下的腳步。

於是，等待六喰的二亞微微皺起眉頭說：

「……呃，小六？那該不會是妳姊吧？妳之前提過的那個姊姊？」

「……沒錯。妾身原本發誓不再與她相見，沒想到竟然會以此等形式重逢。」

她的誓言與覺悟並無半分虛假。六喰打算一輩子都不出現在她的面前。

然而如今卻因為命運的捉弄重逢，聽見姊姊說出意料之外的話，六喰心中燃起的——是比剛才更加強烈的意志之火。

二亞聞言，瞥了一眼朝妃的方向後搔了搔臉頰。

「這樣啊，竟然會有如此湊巧的事……不過，既然是久別重逢，好歹也說一些更傾向於感謝之類的話吧。」

「此言差矣。」

六喰聽了，簡短地如此回答。

「對妾身而言，那是最切中人心的一句話了。」

「————」

二亞聽了六喰的回答，瞪大雙眼。

大概是發現——六喰的雙眼滴滴答答地流下熱淚吧。

「……這樣啊，那妳可得加油嘍。」

「唔嗯。」

六喰一邊擦拭淚水一邊點頭後，朝地面一蹬，去救下一位民眾。

◇

「——該地區的避難狀況如何？」

「目前約完成百分之八十五！〈拉塔托斯克〉也派遣了引導避難的機構人員，不久應該就能全部疏散完畢……！」

「動作快。雖說帶了〈世界樹之葉〉，她們現在是擁有血肉之軀的人類，無法戰鬥太久。」

「了解……！」

琴里與船員的聲音在空中艦艇〈佛拉克西納斯〉的艦橋上此起彼落。他們一邊仔細觀察該地區的現況、應付〈野獸〉的對策、對少女們下達的指令——一邊快速發號施令。

艦橋正面搭載的主螢幕上正顯現出士道與少女們所在的地面上的情況，但影像經常發生劇烈晃動。

沒錯。因為目前是使用少女們頭上戴的耳機所搭載的小型攝影機傳送現場影像到艦橋，而非平常使用的自動感應式攝影機所拍攝。

與〈野獸〉對峙的少女們不可能只停留在一個地方，影像勢必會伴隨著充滿臨場感的震動。

「唔噗……我頭有點暈了……」

「有時間在那邊抱怨，不如快點修復感應系統！」

「了、了解……！」

在琴里的指示下，〈佛拉克西納斯〉的船員幹本再次開始作業。琴里確認後，瞥了一眼艦長席的後方。

理由很單純。因為那裡的景象十分奇妙。

「嗯～～哼哼哼～～哼哼哼～～哼哼哼～～……♪」

「神無月，你很吵耶。」

「稍微安靜一點。」

「可以的話，最好也不要呼吸。」

諸如此類。

一名高挑的男子低垂視線，像指揮家般揮動雙手並一邊哼歌，還有一群容貌相同的少女瞇起眼瞪著他，如此莫名其妙的光景。

男人是〈佛拉克西納斯〉的副艦長神無月恭平。而在場的少女全是瑪莉亞的人工介面身體。

「什麼，妳真沒禮貌耶。我這樣最能集中注意力好嗎？況且，是妳拜託我駕駛艦艇的耶。」

「可以的話，我也不想拜託你啦。」

「我從很久以前就這麼想了，用腦波直接控制顯現裝置算是一種性騷擾吧？」

「等這件事結束，我要正式起訴你。你就盡情享受輾轉難眠之苦吧。」

「唔！我怎麼能敗給這種言語辱罵所帶來的快感……！」

神無月臉頰泛紅，扭動身軀顫抖，〈佛拉克西納斯〉的艦身也跟著微微震動。

這也難怪，畢竟現在駕駛這艘〈佛拉克西納斯〉的是巫師神無月恭平。

本來是戰時才會用到的非常手段，但〈野獸〉的破壞力出乎意料地大——而瑪莉亞必須處理「其他事」，才會採取這樣的形式。

大約十名的瑪莉亞全都抱著腿並排坐在艦橋後方，脖子連接電線，似乎正在並列驅動搭載在她們身上的演算裝置。

「所以——分析得出來嗎？」

「哎呀，妳以為我是誰啊？」

面對琴里的提問，代表的瑪莉亞如此回答。聽見這句玩笑話後，琴里突然聳了聳肩。

沒錯，瑪莉亞正在分析〈野獸〉。

並非平常進行的好感度或精神狀態分析，而是透過目前飛到現場的〈世界樹之葉〉調查〈野獸〉的力量──她所揮舞的那十把劍。

當然，起初遭到船員的反對。這也難怪，因為只要利用瑪莉亞的身體，即使不將曾身為精靈的少女們送上危險的戰場，也能運用〈世界樹之葉〉。

不過，琴里最後還是接受了瑪莉亞的提議。無法推辭六喰等人想幫助士道的心意也是原因之一──但更重要的是，琴里自己也判斷必須了解〈野獸〉才能虜獲她的芳心。

〈野獸〉，不該存在的神祕精靈。她究竟是──

「……！」

就在這時，琴里眉毛微微抽動了一下。

因為瑪莉亞的人工介面身體響起了「嗶」的聲響。

「瑪莉亞？」

「──分析完畢……用一個詞彙來概括的話，就是困惑；用兩個詞彙來概括的話，就是非常困惑。大概就是這樣吧。」

「別開玩笑了。所以？她究竟是何方神聖？」

琴里詢問完，瑪莉亞便解下脖子上的電線並回答：

「目前還不知道她的真實身分。不過，她身上背負的十把劍是——」

然後，她凝視著主螢幕上顯示出的〈野獸〉的身影，接著說：

「『琴里妳們過去所擁有的天使』。」

# 第七章　鏡野七罪

人類天生就分為主角與非主角兩種人。

萬物皆存在差距，貧乏的人比不過富足的人。

……努力？還能努力就已經夠富足了吧？

我並不相信輪迴轉世，但如果真的有，我希望我前世是個無可救藥的惡徒。殺人強盜，連神佛都放棄的十惡不赦的大壞蛋，必須經過七次輪迴才能贖清罪孽——我亂說的啦……因為如果是這樣，就比較能看開了吧？

……所以，我還滿感謝澪的。

因為〈贗造魔女〉讓「我」變得「判若兩人」。

更重要的是……讓我因此與大家相遇。

……嗯，這個嘛，我想這是我爛泥般的人生中唯一能舉出的優點吧。光是這一點就能抵銷其他所有缺點。

假如現在剛好出現一位女神，問我要選「跟過去一樣垃圾般的人生」還是「無法與大家相遇的人生勝利組」，我想我肯定會選擇前者。
不過……不，正因如此吧。
我偶爾會感到不安。
混入主角群中的配角。
富足的人群中存在的貧乏之人。
毫無成長的醜小鴨。
我——真的可以待在這裡嗎？

◇

「…………」
二月，〈野獸〉出現的前一個月。
七罪在聳立於五河家隔壁的公寓一室，與放在桌上的大信封袋大眼瞪小眼。
似乎已經瞪了將近一個小時。雖然沒有照鏡子確認，但她平常不悅的眼神感覺又添加了幾分凶惡。
不過，這也是無可奈何的事。因為信封裡——裝著七罪以前還是人類時的情報。

沒錯。七罪曾經拒看，但在那之後她再次去找琴里，偷偷收下信封。

她是在前幾天與士道、四糸乃一起拜訪四糸乃以前居住的城市時，產生了心境上的變化。

不知為何，看見當時的四糸乃，感受到四糸乃的母親寄託在「四糸奈」身上的感情後——強烈動搖了七罪的心。

當然，她絲毫不認為自己的經歷會像四糸乃的過去那樣美好。事實上，就像在證明這一點似的，七罪收到的信封並不如四糸乃的厚。她內心浮現一種莫名的感慨：果然命薄的人，人生也薄如紙啊。

不過，等七罪回過神來時早已採取行動。她一臉十分尷尬地去找琴里，花了整整三十分鐘進入正題，惹得琴里不耐煩地發了一點脾氣才拿到這個信封。

不過……

「唔～～……」

都拉下臉拿到這個信封了，一旦要確認裡面裝的東西，住在心中的怠惰小七罪又開始嘀嘀咕咕：「……哎呀，反正已經拿到信封了，要確認隨時都能確認吧？」順帶一提，小七罪總共有七人，怠惰小七罪的主要特徵是宛如涅槃像的睡姿與從超俗氣的運動服下襬露出的肥滋滋的肚子。

「……管他的，聽天由命吧！」

話雖如此，總是這樣也不是辦法。七罪下定決心後打開信封，慢慢抽出裡面的文件。雖然沒什麼意義，她還是自然而然地瞇起眼睛。

信封口慢慢吐出文件，因此漸漸能看見文件上記載的文字。

最先看見的——是名字。

「……鏡野，七罪。」

七罪唸出文件上記載的文字後，吐了一口長氣。

原來自己也有姓氏啊。這種不可思議的感慨與姓氏意外地滿普通的莫名安心感充滿肺腑。

不過，也僅止於此。對失去昔日記憶的七罪來說，這不過是新情報罷了。

這麼說來，四糸乃當時也一樣。就算看見名字、當時的照片，瀏覽所有經歷，也沒有湧現真實的感受。四糸乃是在造訪當時住院的病房後才想起一切。

既然如此，為了想起過去的記憶，七罪是否也必須前往以前居住過的地方呢？

該怎麼說呢，這樣……很尷尬。七罪不敢自己一個人去，拜託士道或四糸乃同行也很令人難為情——

「——咦？」

下一瞬間——

七罪突然頭痛欲裂，痛得皺起臉。

「唔，啊，啊，啊，啊……！」

劇烈的頭痛宛如有根很尖的針刺向頭部，針頭在腦袋裡又分岔出許多針頭。信封從手中掉落，七罪不禁當場蹲在地上。

這時，信封裡裝的東西散落一地，映入七罪的眼簾。大頭照、家庭成員、居住過的城市，以及疑似變成精靈的失蹤時期。

結果就像在呼應這個情景似的，頭痛益發劇烈——

「唔——」

不久，七罪感覺胃部深處有一種溫熱的物體一湧而上。

強烈的嘔吐感。她不由自主地摀住嘴巴衝到廁所，把嘔吐物吐到馬桶裡。逆流的胃酸導致喉嚨與舌頭一陣灼痛。

「……嘔……」

已經吐到沒東西可吐了，反胃的感覺依然沒有平息。七罪擦拭不知不覺泛出的淚水，半強迫自己調整呼吸。

「呼……！呼……！」

就這樣調整呼吸不知過了多久，頭痛才漸漸減緩。

不過，陰鬱的心情並未就此消散……這也難怪，因為剛剛的頭痛在七罪的腦袋裡留下了驚心動魄的畫面。

「……嗚哇，不會吧……真的假的？」

……啊啊，啊啊。與四糸乃相比，未免太快速了吧。

沒錯……七罪只望了文件的一部分內容，就回想起自己過去身為人類時的記憶。

於是——

「……！」

就在這個時候——

宛如在呼喚七罪，房間的對講機響起輕快的聲音。

「…………啊……」

七罪抬起幽魂般空虛的臉龐，有如被捕蟲燈吸引的昆蟲，搖搖晃晃地走向玄關。

開啟門鎖，打開門後——

「——七罪，妳好。妳現在方便嗎？」

「嗨～～我是國民偶像四糸奈～～！七罪，妳好嗎～～」

頭髮蓬鬆，平易近人的少女四糸乃，與可愛的兔子手偶「四糸奈」精神奕奕地躍入七罪的視野。

「四糸乃……四糸奈……」

「是……呃，七罪，妳怎麼了嗎？」

「就是說呀～～看起來疲憊不堪的樣子～～發生什麼事了嗎～～？」

四糸乃和四糸奈一看到七罪的模樣，便憂心忡忡地如此說道。七罪搖搖頭回答：

「……才沒那回事，我平常就是這樣。一如往常、一如往常啦。」

七罪如此說完，四糸乃雖然心有疑慮地回答：「是、是這樣嗎……？」還是姑且表示認同。唯獨這種時刻，七罪才感謝自己平時就長得一臉憂鬱。

不過，依四糸乃善解人意的個性，也有可能只是體諒七罪或許有什麼苦衷吧。

「……嗯，對了，妳找我有事嗎？」

「那個，我有想看的電影，所以來問妳是否有空可以陪我一起看。不過，如果妳身體不舒服，千萬不要勉強。」

「……啊～我沒事、我沒事。電影啊，不錯耶。剛好我也想看電影呢。嗯，那我去換件衣服。」

「啊……好的。可是……」

七罪比平常更心不在焉的回答令四糸乃再次露出擔心的表情。

七罪臉上浮現無力的笑容後，目不轉睛地凝視四糸乃的雙眼。

「……我說，四糸乃。」

「什麼事？」

「……妳果然是女神呢。」

「——咦！」

四糸乃聞言，一雙眼睛瞪得老大。七罪看見四糸乃的反應，再次揚起嘴角說：「等我一下喔。」然後關上門。

◇

——在被破壞得慘不忍睹的街道上。

閃閃發光的巨大「葉片」包圍住一隻野獸。

「——少……擋路——————！」

〈野獸〉發出不知第幾次的咆哮，揮舞右手上的「爪子」跟背負在身上的「寶劍」。

於是，能劈開萬物的斬擊以及無數光線、火焰與冷氣隨著她的舉動迸發而出。

「四糸乃、美九，重疊隨意領域！」

「好、好的！」

「了解～～！」

三枚〈世界樹之葉〉彷彿遵從狂三的號令，閃爍了一下，在士道面前形成隱形的屏障，抵銷

〈野獸〉的攻擊後，像在表達自己已經完成使命，無聲無息地破碎。

「——喝啊！」

同時，其他〈世界樹之葉〉在折紙的吶喊聲下，於〈野獸〉的四周形成結界。

這結界有別於保護士道的類型，是另一種束縛力量的隨意領域。〈野獸〉周圍的地面宛如被一雙無形的手壓扁，微微下陷。

「……妳們為何不明白……這種招式對我毫不管用……！」

然而，〈野獸〉身體一扭便掙脫了結界的束縛，朝折紙揮舞「爪子」。一群少女當中唯一身穿CR-Unit的折紙輕巧地翻轉身體，在夜空中留下光之軌跡，躲開了她的攻擊。

少女們操縱的〈世界樹之葉〉勉勉強強壓制住〈野獸〉失控的行動。

——從剛才開始，這幅光景已重覆了無數次。士道察覺到這一點，痛苦地握緊拳頭。

因為大家的救援，的確改善了原本絕望的狀況，避免士道在一瞬間命喪黃泉。

可是在大家拚死拚活的支援下，士道甚至無法好好跟〈野獸〉對話。

只是白白浪費時間，不斷冒險犯難。在極限狀態中採取最佳手段，勉強保住性命。從剛才起大家能做的就只有如此而已。

陷入完全依賴大家的專注力與精力的危險膠著狀態。在這樣的泥沼中，士道心跳越來越快。

不過——

「…………」

這樣的危機狀況下，士道反而感覺自己的意識逐漸變得纖細敏銳。

頭腦一隅產生奇妙的感覺。

大概是多虧了大家，讓自己能夠看清〈野獸〉的緣故，感覺她的動作有些不對勁。

〈野獸〉的確在大肆胡鬧，接二連三發動攻擊，每一擊都讓街道的風景變得面目全非。

不過，感覺她並沒有正確地瞄準大家攻擊。

雖說大家正操作著〈世界樹之葉〉，但如今她們幾乎跟血肉之軀的人類沒兩樣。只要〈野獸〉有心除掉她們，這場戰役根本不可能拖這麼久。

打個比方——沒錯。

就像在發洩自己壓抑不住的情緒。

或是像耍賴皮的小孩，激動得擺動手腳。

像在訴說明明悲痛欲絕卻不知該如何是好。

——啊啊，原來如此。他記得這種感覺。

就像自己在兩年前的春天，以士道的身分第一次遇見精靈一樣——

「——！達令，危險！」

「……！」

剎那間傳來美九的聲音，士道瞪大雙眼──〈野獸〉的攻擊突破美九等人形成的隨意領域，逼近士道。

自己太大意了。因為分心思考，反應慢了一拍。士道急忙躲開，做好受到衝擊與劇痛的心理準備，咬緊牙關。

然而無論經過多久，都沒有產生預料中的痛楚。

原來是一枚不知不覺出現在上空的新〈世界樹之葉〉形成隱形屏障，保護了士道。

「……好險。要是你掛掉就沒戲唱了，真的拜託你別不小心死掉好嗎……」

與〈世界樹之葉〉一起現身的嬌小少女臉頰流下汗水，如此說道。大概是因為劇烈運動，只見她頭髮亂七八糟，臉色蒼白。橫眉豎目，看起來十分不悅，但她並不是因為士道疏忽大意而火冒三丈，是平常便是這副模樣。

「七罪……！謝謝妳救了我！」

「……嗯。」

當士道呼喚她的名字，她便用鼻子輕哼一下並且移開視線。

「呀～～！七罪帥斃了～～！待會兒我抱妳一下當作獎勵～～！」

「那不是獎勵，而是懲罰吧……」

看見七罪大顯身手，美九眼睛閃閃發光，扭動身子。七罪口中唸唸有詞，但美九似乎沒在聽的樣子。
於是，七罪後方傳來兩人的腳步聲——分別是與七罪一同救助周邊居民的六喰與二亞。
「郎君，你可安好！」
「我們順利救援完畢了！接下來才是關鍵時刻！」
她們如此說完，轉身面向〈野獸〉，保護士道——不知道是不是錯覺，總覺得六喰的臉龐充滿精力。
「是啊，謝謝妳們三個。不過——」
士道微微皺起眉頭。
不用顧慮周邊居民確實方便許多，自己也很感謝七罪她們加入戰局。可是，就算己方的戰力增加，士道也不認為能擺脫這種膠著狀態。
沒錯，需要某種能卸下〈野獸〉武裝的方法——
「——對，接下來才是關鍵時刻。」
就在這時——
上方傳來一道凜然的聲音，打斷士道的思緒。
士道反射性抬起頭，望向聲音來源。
不知是何時出現在那裡的。琴里正悠然盤起胳膊，站在飄浮於空中熠熠生輝的〈世界樹之葉〉上。

「琴里！」

「妹妹！」

「琴里！」

少女們各自呼喚琴里。於是，琴里彷彿回應她們的呼喚般翻了個跟斗，輕巧地降落地面。

「怎麼了，妹妹？堂堂司令官竟然會出現在戰場。啊，該不會是妳也想拯救哥哥吧？」

「倒也不是沒這麼想啦。」

聽見二亞半開玩笑的這番話，琴里微微晃動白色與黑色的緞帶回答。二亞大概是沒想到琴里會如此回答，只見她「咻～～」地吹著口哨。

「不過，當然不只是這種感傷的理由。我是來——揭發〈野獸〉底細的。」

「妳說什麼？」

士道反問後，〈野獸〉正好發出怒吼，再次釋放斬擊。

「唔……！」

防禦組形成隨意領域，攻擊組則是朝地面一蹬，各自散開以應對〈野獸〉的攻擊。

就在這時，六喰剛才拿給士道的耳麥響起瑪莉亞的聲音：

『——由我來說明琴里剛才說的話吧。大家一邊戰鬥一邊聽我說。』

看來所有人的耳機都能收到瑪莉亞的通訊。士道看見附近的七罪與美九輕輕點了頭。

『從結論來說，〈野獸〉背負的那十把劍——雖然形狀不同，發出的反應和妳們過去擁有的天使一模一樣。』

「啥……？」

「這、這是怎麼回事？」

聽了瑪莉亞說的話，精靈們發出驚慌失措的聲音。不過這也難怪，因為神祕的精靈所揮舞的武器竟然顯示出與自己的天使相同的反應。那些天使已隨著澪的消滅一同消失。

然而不知為何，士道在聽見這個事實後竟然莫名地感到認同。

火、光、冷氣、風，以及最明顯的，在空間開啟「洞孔」的鑰匙之劍——

那些劍的確酷似士道過去封印的精靈之力。

『目前還不知道〈野獸〉的真實身分。真的是從過去或未來出現的精靈嗎？抑或是存在不同於此的另一個世界——

總之，目前重點在於她所擁有的力量跟妳們是同種類。』

「就算妳這麼說，我們也無可奈何啊……又不能像漫畫一樣，因為跟我們以前擁有的能力相同就能抵禦她的攻擊……」

後方傳來七罪心存疑惑的聲音。瑪莉亞清了喉嚨，繼續說：

『把話聽完再說吧——各位，請把手舉向前方。』

「……？這樣嗎？」

「疑問。這麼做有什麼意義嗎？」

少女們聽從瑪莉亞的話，將一隻手伸向前方。

於是配合這個舉動，一道道刺眼的光芒對準少女們從天——從〈佛拉克西納斯〉的方向傾注而下。

「……！」

「這是——」

少女們瞬間被光籠罩，發出訝異的聲音。

而光芒消失後，她們舉起的手中便握著隱隱發光的武器。

外觀類似巫師操作的光劍，金屬劍柄的前端露出約三十公分長的光刃。

但形狀不如光劍那樣平滑，扭曲歪斜的模樣感覺很像大樹的樹枝。

『姑且稱它為——〈世界樹之枝(Yggd Ramus)〉吧。這是以六喰的〈封解主〉為模型製造出來的實驗兵裝。將光刃插進精靈的身體，就能使她的力量分離——簡單來說，可以將天使從精靈身上剝除。』

「將天使——剝除？」

「咦？這是什麼破天荒的武器？既然有這麼方便的東西，為什麼不早點拿出來啊？是在氣氛炒熱之前賣關子嗎？妳就是這點不好，機器子。」

二亞一臉不滿地說道。於是，瑪莉亞語氣有些不耐煩地回答：

『我又不是哪裡的三流漫畫家，才不會做那種事呢。我不是說了是實驗兵裝嗎？要進入實用階段還要相當久的時間。

——這個武器理論上的確能分割精靈與天使，不過只能分離短短一瞬間。若將精靈比喻成行星，天使就是衛星，兩者馬上就會互相吸引，恢復原狀。為了這點成果必須近距離接觸精靈，風險太高了吧。』

不過，瑪莉亞繼續說：

『此時此刻另當別論。一瞬間，只要一瞬間就好，如果能將天使從〈野獸〉身上剝離——』

琴里接續瑪莉亞的話開口：

「——這裡可是有十名跟〈野獸〉一樣能吸引天使附著的前精靈呢。」

「「…………！」」

少女們吃驚得說不出話。

士道也一樣，因為或許能將天使從〈野獸〉身上搶過來。

「如果能做到這種事——」

「沒有『如果』，我們要將其化為可能。」

琴里出言鼓舞大家。

「各位，我們上吧──只要其中一人能將劍刺進〈野獸〉體內就好。」

「「──好！」」

少女們氣勢高昂地吶喊，朝地面一蹬，衝向凶暴的精靈。

「……唉～～」

七罪在刀光劍影的戰場上獨自輕聲嘆息。

她十分明白目前狀況緊迫，也了解現在不是鬆懈的時候。

可是，即使面對如此強大的敵人，只要夥伴像這樣同心協力就令七罪感到莫名安心。

〈野獸〉的力量確實所向披靡。老實說，直到剛才七罪都不知該如何是好。

不過，因為琴里前來助陣，加上瑪莉亞提供的祕密武器，才終於找到了攻略的頭緒。七罪心中也因此產生些許動搖。

──即使處於危機的狀況下，依然能看見光明。不愧是琴里；不愧是瑪莉亞，與七罪不同，是被選中的主角。接下來只要交給其他人，萬事便能圓滿收場吧。畢竟己方聚集了優秀的人才，有體能過人的八舞姊妹、超弩級戰艦六喰，完美超人折紙還身穿CR-Unit，至於狂三，好像殺也殺不死的樣子。四糸乃則是女神，美九面對美少女時也強如怪物。而二亞嘛，很會畫漫畫。感覺我以前也思考過這種事。

說得好聽一點是信賴，說得難聽一點則是鬆懈。肯定會有人把劍刺進〈野獸〉的身體，讓士道封印住她的力量吧。隱約可以想像這樣的畫面。

自己可不能多管閒事，千萬不能扯大家的後腿。幫不上忙倒還好，要是跟自己扯上關係，肯定沒什麼好事。因為自己──

「唔……！」

當這樣的想法掠過腦海，七罪不禁皺起臉。

──為什麼自己的腦袋現在會冒出這種想法？

自己理應已經看開了。依靠別人、交給別人處理，來實現自己的願望。雖然重視夥伴，卻還是採取不自動自發的消極態度，感覺就像回到尚未認識士道等人的自己。

七罪的個性依然悲觀消極，但跟當初比起來應該好多了才是。與大家相遇後，理應改變了想法。或許在旁人眼裡看來，只是毛毛蟲爬行般的速度，但應該稍微前進了一些。

然而──

「……啊啊，可惡。」

七罪氣憤難平地怒吼。

最可恨的是，她馬上就猜中了原因。

沒錯——因為她想起來了。

想起造成自己個性的根源；想起自己陷入醜陋汙泥的經歷——

「——七罪！」

「……什麼——！」

一時間傳來四糸乃的聲音，七罪肩膀一震，回過神來。

然而——為時已晚。等七罪察覺到時，因遭受〈野獸〉攻擊而倒塌的建築物瓦礫已朝七罪傾瀉而下。

◇

「呼——！」

折紙吐了一口長氣，在視野中央捕捉〈野獸〉的身影，集中注意力。

她右手持光槍〈恩赫里亞(Einherjar)〉，左手持實驗武器〈世界樹之枝〉，全身則是穿著銀白色鎧甲〈布倫希爾德(Brynhildr)〉。

沒錯。有過ＡＳＴ與巫師經歷的折紙是少女當中唯一裝備CR-Unit的人。

當然她現在的戰鬥能力也是同伴中數一數二的。雖然人人都手持〈世界樹之枝〉，但折紙堅信只有自己才能逼近那隻〈野獸〉，將光刃刺進她的身體。

實際上，這也是少女們之間產生的共識。明明沒有事先商量好，所有人卻以折紙為中心往左右散開，採取包圍〈野獸〉的陣形。

「呵呵，接招吧，精靈！疾如八舞！」

「合力。從左右方同時攻擊，讓妳無處可逃。」

耶俱矢與夕弦高聲吶喊，夾擊〈野獸〉。本來大喊進行攻擊是非常多餘的舉動，但此時此刻另當別論。

因為八舞姊妹是故意彰顯自己的存在來吸引〈野獸〉的注意力。

準備好的鑰匙有十只，只要有一只鑰匙達成使命便可。

「啊啊——啊啊啊啊啊啊啊——！」

〈野獸〉咆哮後，拿起第九把劍插進地面。於是，空氣以那裡為起點發出震動，形成隱形的「聲音」屏障。

「哇啊！」

「衝擊。這是——」

八舞姊妹的突擊遇上阻礙，不得不停下腳步。〈野獸〉緊接著揮舞第八把劍，掀起狂風，吹飛她們手上的〈世界樹之枝〉。

不過，少女們的攻勢並未就此停止，其他人趁〈野獸〉被八舞姊妹絆住時發動攻擊。

「喝啊啊啊啊啊！」

「接招吧————！」

「唔嗯——！」

「——啊啊啊啊！」

〈野獸〉接二連三拔起劍，閃避、擋開、擊落少女們的攻擊。大家手持的起死回生之鑰一一遭到破壞。

「…………」

不過——這樣也好。折紙冷靜地看清〈野獸〉的動作後，輕輕在空中蹬了一下。

她如泅水般無聲無息地飛在〈世界樹之葉〉形成的隨意領域，與〈野獸〉揮劍所導致的餘波洶湧的魔力與靈力風暴之中。

勝負只在一瞬間。趁〈野獸〉專心對付少女們的攻擊時，朝她的背一刺。折紙利用隨意領域讓〈世界樹之枝〉飄浮後，固定在光槍前端。

「——就是現在。」

當六喰舉起〈世界樹之枝〉，高聲吶喊著進攻的那一瞬間，〈野獸〉原本警戒周圍的注意力頓時分散。據瑪莉亞所說，〈世界樹之枝〉原本就是以六喰的天使〈封解主〉為模型製成的武器，也許她使用起來比其他人順手。

折紙怎麼可能錯過這個機會。她操作隨意領域，瞬間逼近面對六喰的〈野獸〉，刺出〈世界樹之枝〉。

然而——

「什麼……！」

折紙聽見自己的喉嚨發出細微的聲音。

因為當〈世界樹之枝〉的前端就要碰觸到〈野獸〉的瞬間，微微偏離了路徑。

感覺不像是被隱形的屏障彈開或是被風吹偏。真要說的話，比較像是手臂違背自己的意志，偏移目標——

「……！」

就在這時，折紙發現〈野獸〉背負的十把天使中的第二把劍在空中描繪出閃閃發光的文字。

「未來記載——」

折紙痛恨自己的失策。明明早已聽說〈野獸〉擁有她們所有人的天使，卻因為對方如野獸般的戰鬥方式而排除了這個可能性。

不——就算預料到這個可能性，結果還是不會改變吧。

未來記載。記載在無所不知的天使〈囁告篇帙〉中的文字將會化為現實。沒錯，即使是敵人的行動也一樣。

「……啊啊，對了……前來攻擊我的人，是妳。不知為何……我早已預料到了。」

〈野獸〉眼神空洞，斷斷續續地呢喃。

然後直接握住第六把劍，刺進折紙的身體，轉動鑰匙般扭轉劍身。

「啊——」

折紙身上穿的CR-Unit立刻四分五裂化為碎片，迸裂四散。

折紙看著宛如櫻花紛飛的光景，墜向地面。

◇

「嗯……唔……！」

七罪因頭部隱隱作痛而皺起臉，慢慢睜開眼睛。

看來是撞到頭的樣子，記憶一時之間模糊不清。

不過眨了幾次眼後，慢慢想起失去意識前的事。

對了，現在正在跟〈野獸〉戰鬥，當大家要同時發動攻擊時，瓦礫突然從七罪的頭上傾瀉而下──

「……妳醒了嗎……七罪……」

「……！四糸乃！」

聽見突然傳來的聲音，七罪瞪大雙眼。

這時她才終於發現四糸乃額頭流著鮮血，壓在她身上。

用膝蓋想也知道，是四糸乃保護七罪不被落下的瓦礫砸傷。

「為、為什麼──」

七罪嚥下尚未說出口的話，環顧四周。

現在不是問廢話的時候，必須趕快求救，找人治療四糸乃才行。

雖然七罪和四糸乃無法參戰，但畢竟人數眾多，現在已經剝除〈野獸〉身上的天使，進行到士道與她對話的階段了吧。那麼，應該有人有空──

「…………！」

七罪一邊思考這種事一邊環顧四周後，戰慄得屏息。

到處都是斷壁殘垣，想必不會有人相信不久前這裡還是一片街景吧。

少女們倒臥各處。

唯獨一名少女踏著緩慢的步調，闊步走在這淒慘的戰場中。

——〈野獸〉。不該存在於這世上的精靈，背上依然背負著十把劍。

「不會……吧……」

七罪呆愣地說了。

琴里、狂三、六喰、耶俱矢、夕弦、美九、二亞，甚至連折紙都束手無策，吃了敗仗嗎？

七罪望塵莫及「主角」們、被上天選中的「富足者」們。

不，不只如此。大概是受到那場戰役的餘波牽連，士道也倒臥在瓦礫堆上。由於他偶爾發出痛苦的哀號，可以得知他尚存一息，但是——任誰來看都可以看出〈野獸〉顯然是為了結束他的性命而邁步向前。

「七罪……」

這時，四糸乃呼喚七罪的名字，令她肩膀抖了一下。

「別、別擔心……我立刻叫人過來幫忙……」

「——七罪。」

「……！」

四糸乃直勾勾地凝視著七罪的雙眼，七罪張口結舌，說不出話。

因為她的眼眸蘊含著強烈的意志火焰，與她那受傷的嬌小身軀呈現對比。

「現在能阻止那個人的，只有妳了。拜託妳，請妳——拯救士道。」

然後宛如在一字一句中注入力量般如此說道。

七罪瞬間臉色蒼白。

「不、不可能啦……！妳們都打不過她了，何況是我……！」

大家都比七罪優秀、機靈、強大。

她們無法完成的事，七罪怎麼可能辦得到？七罪眼角泛淚，搖頭拒絕。

不過，四糸乃聽了也只是溫柔地微笑。

「別擔心……七罪妳一定辦得到。因為妳比自己想像的還要厲害許多。」

「才、才沒有……」

「七罪，拜託妳……拯救士道……」

四糸乃斷斷續續地如此說完，突然閉上雙眼，無力地倒下。她手上的〈世界樹之枝〉滾落地面。

「四、四糸乃……！」

七罪慌張地呼喚四糸乃，但是四糸乃沒有回應。她恐怕早已到達極限了吧，全憑意志力撐到現在。

為了見證七罪平安無事。

還有——為了將之後的事託付給七罪。

「……為、為什麼偏偏要拜託我……」

七罪絕望地如此呢喃後，再次望向戰場。

在死亡大地上闊步行走的瓦礫之王〈野獸〉儘管受到八名少女的猛攻，卻不見力量減弱一絲一毫。她以牢籠般的十把劍為鎧甲，緩慢但確實地走向士道。

失去少女們援助的士道處於毫無防備的狀態，等〈野獸〉到達他身邊時，身為人類的他肯定輕而易舉就會被殺死吧。

理應拯救他的主角們全都倒臥在地。

安然無恙的——只有七罪一人。

七罪再次體認到這件事後感到心臟劇烈跳動，反胃想吐。

緊張與焦躁導致腦袋快要當機，全身冒汗，手腳不停顫抖。

——為什麼，為什麼事情會變成這樣？

一無所有的七罪為何要受命如此重責大任？

這舞臺實在跟自己太不搭調了，聚光燈突然打在配角中的配角身上。

可以的話，她真想立刻逃離現場，或是掩藏氣息，蹲坐在地。她應該只能做出這種舉動才不會受人譴責，這對她而言是再自然不過的理所當然的事。

「…………！」

當這種想法支配頭腦的瞬間，七罪緊咬嘴脣。劇烈的疼痛貫穿腦袋，鮮血的味道在口中逐漸擴散。

「想逃離現場」？

「想掩藏氣息，蹲坐在地」？

「只有這種舉動才能不受人譴責」？

「……開什麼玩笑……！」

腦海無意識產生的想法。就像用腳跟踩爛東西般踐踏「七罪認為理所當然的思考」。

——理所當然？為何自己會將那種垃圾般的思考視為理所當然？

啊啊，啊啊，擺明了就是源自當時的記憶嘛。

七罪伸出顫抖的手，緊握住〈世界樹之枝〉。

◇

自己記不清父親的長相。

——因為他在自己懂事時就已經離家了。

也記不清母親的面容。

——因為只要自己盯著她的雙眼想要說話，就會挨揍。

所以即使想起身為人類時的記憶，依然缺少那一部分的畫面。

就算在腦海想像疑似母親的女人的身影，臉的部分也像用黑色麥克筆塗黑般一塌糊塗。

啊啊，可是，自己還記得母親的聲音，雖然主要是怒吼聲和責備自己的聲音就是了。

鏡野■■那個女人，總之就是看不慣七罪的存在，總是一副心浮氣躁的樣子。自己起初聽不太懂她說的話是什麼意思，但伴隨著激烈的語氣和暴力，能推斷出應該不是什麼好話。

肯定是自己不乖，■■才會如此生氣吧。

所以，自己想盡可能地討她歡心。學會做家事、乖乖聽話，試圖當個乖小孩。

但是■■依然脾氣暴躁，所以七罪只能盡量不做多餘的事。無力的小蟲子面對暴風雨還能做什麼？只能黏在石頭底下，乖乖地等待天氣放晴。雖然偶爾會受到風吹雨打，但總比正面迎擊好一些。

■■經常嫌棄七罪長相醜陋，七罪分不太清美醜，但既然■■都這麼說了，自己肯定長得很醜吧。

如果自己長得再可愛一點，是否就能得到■■的疼愛？一想到這裡，心裡就有點難受。

七罪心想：那妳把我生得漂亮一點不就好了？她當然沒有將這句話說出口，因為這時她已經學會如何度過暴風雨。

——隨處可見的平凡家庭，沒什麼值得一提的。

那就是七罪的成長環境。

……琴里交給七罪的信封很薄。〈拉塔托斯克〉編纂的那份文件只寫著基本資料，很少提及家庭環境。

〈拉塔托斯克〉不太可能只掌握到這點情報，想必是琴里顧及七罪的心情，精簡過情報了吧。嘴上以威脅的口吻說著「未必都是令人愉快的情報」，背地卻做出這種善解人意的事，這就是琴里個性周到的地方。

不過，七罪只看見名字就想起當時的事，算是白白浪費了琴里的一番好意。如今回想起來，這結局還真是十分符合七罪的風格。

■■基本上不會幫七罪準備餐點，所以七罪的主要營養來源是小學的營養午餐。

……想也知道，■■當然沒付營養午餐費，抱持著多一事不如少一事心態的班導對七罪的狀況視而不見，但也沒追究這件事。

問題在於放暑假或寒假這種長假，這對七罪而言是生死攸關的問題。家裡雖然有買一大堆泡麵和微波食品，但如果敢拿，七罪相信自己會死無葬身之地。

然而若是什麼都不吃，也會落得同樣下場。七罪必須瞞著■■，思考攝取卡路里的方法。得出的結論是從調味料下手。若是像泡麵一樣分成一餐份食用的東西就不用妄想了，但少了一點調味料應該不會被發現吧。唯獨這種時候，七罪也不得不感謝■■懶散的個性。

放長假的期間，七罪的主食是砂糖、自來水和稀釋的醬油。冰箱裡有奶油或瑪琪琳時格外幸運，在舌頭擴散開來的油脂味令七罪感到些許幸福。

因為過著這樣的生活，七罪的身體發育明顯較同年齡層的孩子差。

再加上必須瞞著■■偷偷洗澡和洗自己的衣服，經常不得不蓬頭垢面地去上學。

小朋友是發現異類的天才。大家露骨地排擠「與眾不同」的七罪，或是拿她當箭靶欺負她。接觸異類，自己也會被當成異類，這就是孩子之間的規則。必須向同伴證明自己跟「那傢伙」不一樣，才能在同儕間生存。

七罪必然會討厭上學，老實說，如果能不上學就再好不過了。

然而既然有營養午餐可吃，她就不得不去學校。對七罪而言，學校不過是她忍耐殘酷的環境以攝取營養、提供糧食的地方罷了。

然後……那是什麼時候的事呢？

對了，是七罪升上國中不久後的某一天發生的事。

（……嗚哇，這是怎麼回事？）

一如往常踏著憂鬱的步伐回到家的七罪一打開玄關便皺起眉頭。

理由很單純，因為家裡亂得一塌糊塗。

櫃子、電視、微波爐等物品倒落在地，碗盤和玻璃杯碎片散亂一地，這慘狀有如小型颱風過境七罪家。

話雖如此，七罪見狀後並不認為是強盜、闖空門或暴徒幹出的好事。

因為[redacted]原本就脾氣暴躁，經常一激動就破壞東西，不久前似乎還嗑了藥。

不過，這天家中的慘狀還是比平常誇張許多。

後來才知道[redacted]那天接到了一通電話。

——通知她七罪的父親死亡的消息。

七罪的父親似乎另有妻子，多年來背著妻子不斷偷偷支付高額的養育費給[redacted]，其中也包含了封口費。

簡單來說，[redacted]當天收到了中斷提供生活費的通知。

也就是對[redacted]而言，等於七罪最後的存在意義已然消失。

（…………喂。）

大概是發現七罪回家了，跪趴在倒下的衣櫃旁的■■低吟般發出聲音。

（…………幹嘛？）

七罪因為被發現而感到後悔，輕輕皺眉回答……這麼說來，自己好像三個星期沒跟■■說過話了。

（……拿錢……來。）

（……啥？我怎麼可能有錢啊。）

（沒錢的話，就去賣春或幹別的事賺錢回來啊！）

■■大吼，拿起手邊的玻璃杯扔向七罪。破碎的玻璃杯尖銳的邊緣砸中七罪的額頭，慢慢冒出鮮血。

（…………）

七罪雖然抱持著不反抗天災的心態，唯獨此刻，她按捺不住心中激起的漣漪。

她並非對臉蛋受傷感到氣憤，只是對不斷嫌棄自己醜陋的女人說出這種自私的話感到有些火大而已。

（妳在說什麼啊？像我這種醜女怎麼接得到客人嘛。不好意思啊，我長得太像妳了。）

（…………！）

接下來兩人說了什麼，七罪記不太清楚了。

因為等七罪回過神時，[redacted]已經跨坐在七罪身上，雙手使勁掐住她的脖子。

（唔……啊……——）

喉嚨發出奄奄一息的聲音。

視野閃爍，意識漸漸模糊，臉蛋發燙，手腳慢慢使不上力。

——我會被殺死、我會被殺死、我會被殺死。

這句話支配著七罪的腦袋。

就在這時——

（——欸，妳想要力量嗎？）

一道詭異的雜訊出現在七罪面前。

那便是〈幻影〉，初始精靈——崇宮澪。

雖然現在已經得知她的廬山真面目，但當時的七罪由於陷入生命危險，還以為看見了幻覺。

不過，即使如此也無所謂。七罪拚命祈求希望獲得力量，緊抓住垂落在眼前的蜘蛛絲。

（——————）

儘管喉嚨被掐住而發不出聲音——

那道雜訊似乎看穿了七罪的心意，拋出一顆閃耀著綠色光芒的小小寶石。

——之後的事，換算成時間恐怕不到三分鐘吧。

七罪化為精靈，獲得天使〈贗造魔女〉，以天使之力將■■變成一隻小青蛙。

小青蛙仰望不斷咳嗽坐起身子的七罪，害怕得跳來跳去。

七罪看見那矮小滑稽的模樣，首先湧現的情緒不是歡喜或憐憫，而是深刻的虛脫感。

（…………）

七罪慢慢抬起一隻腳打算踩扁青蛙，卻在前一刻停下動作——

然後直接跨上〈贗造魔女〉，撞破玻璃窗。

（——哈、哈哈……）

翱翔在逐漸被夕陽染紅的天空，七罪感受到自己的喉嚨發出笑聲。

她不清楚發生了什麼事。

突然出現詭異的東西，賜予她神奇的力量。

然後一下子就解決了她以往認為無可奈何的問題。

啊啊，沒想到那樣可怕的■■，那樣強大的母親，竟然會是如此矮小的存在。

（啊哈哈哈哈哈……哈哈哈哈哈哈哈哈哈哈哈哈！）

一想到這裡，七罪便笑得越來越大聲。

自己以前為什麼辦不到如此簡單的事呢？

自己以前為什麼要一直待在那種母親身邊呢？

自己以前為什麼——

（啊……啊啊……啊啊啊啊啊啊啊啊啊啊啊啊——！）

——響徹雲霄的大笑不知不覺變成撕心裂肺的慟哭。

七罪報復完過去虐待自己的■■後才發現——

自己並非想還以顏色——

——只是渴望得到母親的疼愛。

◇

「……可……惡……啊——！」

七罪憤恨不已地怒吼後，用腦袋朝附近的瓦礫猛力一撞。

原本就感到疼痛的腦袋更加疼痛。頭暈目眩，額頭冒出鮮血。

不過，心情振奮多了。七罪氣喘吁吁地緊咬牙根，下定決心朝地面一蹬。

◇

「──────」

被人類喚作〈野獸〉的精靈──

悄無聲息地前進。

映在灰濛濛的視野中的是塵芥堆積的大地。

以及──倒臥在中央的少年身影。

「……啊……唔……」

少年一副奄奄一息的模樣發出痛苦的聲音。他衣衫襤褸，露出的皮膚刻劃著無數淒慘的傷痕。就這樣放著不管，想必沒多久也會斷氣吧。

然而──

「沒……事……的……用不著……害怕……我們……不是……敵人……」

儘管同伴全部倒下。

儘管自己身負致命傷。

少年吐出的話語依然沒有改變。

「……住口……」

她皺起眉頭，憤恨不平地低吟。

不知為何，趴倒在地的少年的聲音聽在她耳裡十分逆耳。

每當少年出聲對她訴說些什麼的時候——

她便會湧起一股想要抓撓耳朵、頭和喉嚨的衝動。

大概是某種精神攻擊吧，不可能有人會手無寸鐵地站在她面前。必須盡早殺之而後快；必須盡早消滅、除掉他。要是繼續聽這個人類的聲音，自己就快要瘋了。

不過，她的心中也產生了一絲疑問。

自己至今有幾次了結他性命的機會，然而一旦機會來臨，不知為何自己總會手下留情。

說起來，現在這個狀況也一樣。是她主動追尋著他殘留的氣味，利用鑰匙之劍在空間打開「洞孔」——彷彿為了再見他一面。

不明白。她無法理解自己的行動。為何自己如此在意這名少年？自己——

「……所以……不要擺出那種泫然欲泣的表情……」

「………………！」

少年微弱的話語——

令她不禁屏住呼吸。

心臟跳得異常快速，就像被利刃刺入般劇痛。

——不行、不行。這傢伙很危險。這傢伙會讓自己變得不像自己。必須殺死他，必須消滅他，必須除掉他。

「……受死……吧——！」

——就在她握住寶劍打算殺死少年的時候——

一道魔力之光從天而降，朝她射去。

「……！」

看見發生在眼前的光景，士道不由得屏住呼吸。

擊敗少女們，走向士道的〈野獸〉。

有一道刺眼的光芒從她的頭上傾注而下。

不久，士道發現一枚閃閃發光的「葉子」飄浮在〈野獸〉的上方。

——那是〈世界樹之葉〉，空中艦艇〈佛拉克西納斯〉引以為傲的汎用兵器。

不過，士道發現它後依然止不住驚愕。

這也難怪。因為操作〈世界樹之葉〉的少女們應該早就被〈野獸〉擊倒了。是有人復原了嗎？還是〈佛拉克西納斯〉修復完畢？抑或是——

「——真煩……」

正當士道思考著這種事情的時候，〈野獸〉高舉第四把劍。周圍的氣溫瞬間驟降，在她頭上形成冰壁。

〈世界樹之葉〉發射出來的魔力光被〈野獸〉展開的冰壁阻擋，餘波四散。

然而，操作〈世界樹之葉〉的人似乎早已心知肚明這樣的攻擊對她無效。當〈野獸〉為了擋開光線而舉起一隻手的瞬間，她的後方出現一道小小的身影。

「——唔……！哇啊啊啊啊——！」

一名身材嬌小的少女甩著一頭亂髮，舉起如樹枝般的短劍朝〈野獸〉突擊。士道認出她的模樣後不禁瞪大雙眼。

「七罪……！」

沒錯，發出吶喊衝向〈野獸〉的正是最初不見蹤影的七罪。

不過〈野獸〉分心注意上空只是一瞬間的事，她似乎已經發現從後方逼近的七罪。

「……受死吧。」

〈野獸〉以冷淡的聲音如此說道，用左手握住第八把劍，朝七罪揮下。真空之刃沿著軌跡飛去──輕而易舉砍下七罪的頭顱。

「什麼──」

士道見狀就要大喊──隨後又改變想法。

就算被逼入絕境，士道也不認為七罪會使出如此有勇無謀的手段。那個消極、悲觀、對自己缺乏自信──準備過度周到的七罪，竟然會毫無對策地衝向如此強大的敵人。

正因如此，士道才能立刻發現哪裡不對勁。

──因為七罪被砍下的頭顱完全沒有流血。

「這是……！」

士道說完，七罪的頭正好如塊狀雜訊般晃動，消融在空氣中。

此時士道才終於明白──七罪那副模樣是利用隨意領域所形成的假影像。

以〈世界樹之葉〉為中心展開的隨意領域是能將使用者的意念投影成現實的空間。複雜的操作方式需要時間習慣，但七罪以前是揮舞鏡之天使〈贗造魔女〉的精靈，似乎十分擅長操作光線折射，製造虛像。

不過，剛才的七罪是虛像的話，代表真正的七罪──

「──」

就在士道如此思考的下一瞬間。

宛如脫下融入風景、繪有花樣的罩袍。

一名身材嬌小的人影出現在〈野獸〉懷中。

並未像虛像那樣發出無謂的吶喊或腳步聲。

無聲無息。

宛如潛藏在黑暗的暗殺者，七罪只是靜靜地——

將手持的〈世界樹之枝〉刺入〈野獸〉的胸口。

「……！」

傳到雙手的觸感令七罪屏住呼吸。

——如今自己能使出的手段全都用完了。把〈世界樹之葉〉的砲擊當成幌子，利用隨意領域製造出來的虛像分散〈野獸〉的注意力，進入必殺的距離。

〈野獸〉的攻擊方法大致分成兩種，一種是用「爪子」使出斬擊，另一種則是用「劍」使出特殊攻擊。後者又可分成十種模式。

幾乎不可能應付所有攻擊。不過，使用「劍」的能力時，似乎必須握住該把「劍」才行。

換句話說，一次最多能使用兩把「劍」。七罪心想：如果能製造出同時使用兩把劍的狀態，〈野獸〉或許就會露出一瞬間的破綻。

貧乏者的關鍵一擊。多麼卑鄙、難看、狡猾的戰術啊。不過，七罪毫不猶豫地選擇了這個手段。

反正本來就沒有什麼名譽可損害，自己早就醜態百出。只要能救士道和大家的性命，被人罵卑鄙根本不痛不癢。

然而——

「………………」

〈野獸〉只是靜靜地——

連眉頭都沒皺一下，睥睨著七罪。

這也難怪。

因為七罪刺出的〈世界樹之枝〉的光刃根本沒碰到〈野獸〉。

沒錯。〈世界樹之枝〉——

沒入了〈野獸〉胸口前開啟的小「洞孔」。

——〈野獸〉口中不知何時銜著在空間開啟「洞孔」的鑰匙之劍——第六把劍的劍柄。

怪物。這兩個字掠過腦海。

與之相比，七罪簡直是小巫見大巫。她是天下無敵的「正牌」怪物。

「——啊——」

目睹這幅光景，七罪輕聲嘆息。

腦中瞬間響起過去聽膩的聲音。

（……看吧，果然不行。妳這傢伙做什麼都成事不足，敗事有餘。）

——閉嘴。

（所以當時就那樣死掉不就好了。妳到底有何貢獻？有妳在，事情有任何改變嗎？）

——閉嘴。

（蠢貨還敢得意忘形。妳是廢物；妳很弱小；妳很醜陋。妳一輩子沒人愛。）

——閉……嘴……！

即使在心中拚命抵抗，那些話還是如鐵鍊般纏繞住七罪的手腳。

還沒結束，自己還準備了其他手段。頭腦明白這一點，身體卻無法行動。明明必須採取下一個手段，[redacted]的影子卻緊抓住七罪不放。

不久，〈野獸〉慢慢瞇起雙眼。

宛如宣告七罪的死期。

「…………！」

——不過，就在這個時候。
「七……罪……！」
傳來一道痛苦的呼喚聲，以及用力踩踏瓦礫的聲音。
「……！士道——！」
七罪不禁擠出聲音。不過，這也是理所當然的事。因為滿身瘡痍的士道渾身是血地當場站了起來。
連外行人都看得出來，他的傷勢顯然無法自由行動。全身上下都是擦撞傷和裂傷，處於垂死狀態。這行為簡直接近自殺。
然而，士道站了起來。
究竟是為什麼？
用膝蓋想也知道，即使是個性悲觀至極的七罪也立刻便恍然大悟。
——是為了拯救七罪。
「……妳面向哪裡？妳的目標是我吧？過來我這裡，小甜心。讓我溫柔地擁抱妳。」
想必連發出聲音都十分費力吧，然而士道卻露出狂妄的微笑，像在挑釁〈野獸〉般如此說道。〈野獸〉挑了眉，瞪著士道。
『——罪。七罪。』

「……！咦——」

緊接著，耳邊傳來細小的聲音。看來是士道在不被〈野獸〉察覺的情況下，透過耳麥對七罪呢喃。

『……依妳的個性，應該還有準備什麼招數吧……我來吸引她的注意，妳就盡情發揮吧。』

「！你怎麼會知道……」

『……我跟妳是老交情了，當然知道……別擔心，妳一定辦得到。』

「……啊……啊——」

七罪頓時感覺到自己的雙眼慢慢滲出淚水。

——沒人愛？

這種想法掠過腦海一事令七罪心生慚愧。

自己究竟在想些什麼？

明明有個男人在性命垂危之際依舊為了自己站起來。

明明自己身邊擁有這麼多即使面臨絕境，依舊相信自己，將性命託付給自己的同伴……！

「唔……喔喔！」

七罪透過頭戴式耳機對〈世界樹之葉〉下達指令。

「————！」

下一瞬間，〈野獸〉第一次驚愕得皺起臉。

不過，這也是理所當然的事。

因為無頭七罪的虛像握著的〈世界樹之枝〉正深深刺進〈野獸〉的背。

──「事先安排混入虛像的另一把〈世界樹之枝〉」。

當然，每個人只有一把〈世界樹之枝〉。既然七罪本人握著它，照理說原本這種攻擊根本無法成立。

不過，七罪手上還有另一把蘊含著原本主人悔恨的〈世界樹之枝〉。

沒錯──正是因為拯救七罪而不得不脫離戰線的四糸乃的短劍。

「……一直在別人腦袋裡囉哩囉嗦的，煩不煩啊。該給我閉嘴了吧，亡靈。」

七罪低吟般發出聲音後，透過頭上戴著的耳機操作隨意領域，以無形之手握住插在〈野獸〉背上的〈世界樹之枝〉的劍柄。

「我……辦得到。」

然後她如此低喃，在手上施加力量。

「我……很強。」

用力說給自己聽。

她的聲音不再迷惘，事實已經論證了她所說的話。

不只士道，四糸乃、琴里、二亞、折紙、耶俱矢、夕弦、六喰、狂三、美九，以及已經消失的十香——

大家全都認同七罪。

告訴她可以留在這裡。

給予她過去一直追求、渴望——卻求之不得的東西。

他們都喜愛——七罪。

「我……很可愛……！」

對手的確很強大。這世上唯一的神祕精靈，她的威力無窮。

相對地，七罪則是極為弱小，有的只是借來的武器，以及不斷看人臉色所培養出的異常觀察力。

然而話雖如此，總不能就此放棄。

七罪不能讓喜愛自己的大家命喪黃泉。

「——大家……由我——」

聲音頓時中斷。因為這句話實在太大言不慚。

不過，七罪立刻改變想法。

下定決心，將剩下的語句如子彈般發射出去。

「『由我來守護』……！」

七罪雙手使勁——

扭轉插進〈野獸〉體內的短劍。

# 第八章　風待八舞

——那是埋葬於黑暗的記憶。

即使雙子星照亮夜空，也無人知其根源。八舞亦是同樣道理。

探索黑暗毋須責備，那也是人的罪業。但是，千萬別忘了，人在凝視深淵時，深淵也在凝視著你……

……咦？奇怪？感覺哪裡不對勁？算了。

呃，我剛才在說什麼？噢，對了、對了，在說我跟夕弦的事。

嗯，我很感謝士道喲。因為多虧了他，我跟夕弦才能以兩個獨立的個體繼續存在。

當時的我寧願犧牲自己，也希望夕弦活下來。

倘若再次面臨當時的狀況，我肯定會抱持同樣的想法。

不過，現在——我絕對不會說出這種話。

因為我相信對夕弦而言最難受的事，就是失去我。

我知道這麼說很肉麻，但我說的是事實，沒辦法。

所以我們一定會奮力抵抗，拚命思考兩人生存的道路。

因為士道教會我——選項是可以自己增加的。

回顧。不知為何，最近經常回憶往事。

不，並非之前身為人類時的事。很不巧，當時的記憶——除了與耶俱矢原本是一體的這一點外，全都模糊不清。

夕弦回憶的是與耶俱矢比賽，以及與士道相遇時的事。

當時拚了老命，只為了讓耶俱矢存活下來，如今回想起來著實是快樂的回憶。真是不可思議，時間似乎有讓記憶成熟的效果。再怎麼痛苦的記憶，只要時間一過，也會變成一個經驗。感覺越是含辛茹苦，越會刻骨銘心。

當然，必須有安穩的「現在」才能發揮時間的效果。只要認為再怎麼艱險的路程、再怎麼痛苦的道路，都是為了形成現在這個世界所必經的過程，一切便覺得有價值。

所以夕弦一定會這麼想。就算記起夕弦和耶俱矢身為人類時的記憶，還有——即使那些記憶再怎麼充滿艱難與辛苦……

夕弦與耶俱矢都能笑著懷念那些記憶。

換句話說，不管將來遇到什麼事，我跟夕弦——

堅信。夕弦和耶俱矢——

——一定能輕易突破。

——一定能輕易突破。

◇

「……咳！咳…………夕弦，妳還活著嗎？」

「……回答。勉強，還活著……」

並躺在瓦礫山上的耶俱矢與夕弦同時清醒後，不約而同搖搖晃晃地撐起身體。

雙方傷痕累累。兩人對望後，自嘲地笑了笑，一邊顧慮疼痛的身體一邊環顧四周確認狀況。

……不知失去意識多久，兩人在暈倒前看見的光景是舉起〈世界樹之枝〉突擊〈野獸〉時的畫面。看來兩人輕而易舉便被〈野獸〉擊倒了。

不過，這也是預料之中的事。耶俱矢與夕弦的任務本來就是擔任誘餌，好讓其他人使出真正的一擊。因此就算被打了個落花流水，只要能讓〈野獸〉分心一瞬間就好。

當然八舞姊妹個性好強，說不懊悔是騙人的。不過，若說現場有誰能將光刃刺進〈野獸〉體內，那無疑是眾人之中唯一裝備CR-Unit的折紙。

她們並非為了功名，是為了拯救〈野獸〉而戰，為士道開啟一條通往她的道路。只要能達成這個目的，耶俱矢與夕弦才不需要受領一等的功勛。

「…………」

「…………」

然而周圍的光景卻與兩人期待的有所不同——一整片無邊無際的瓦礫堆，與耶俱矢和夕弦失去意識時一模一樣。

理想的狀況是一切事情於兩人昏厥的期間得到解決，然後在〈佛拉克西納斯〉或〈拉塔托斯克〉的醫療設施中清醒，不過——看來事情並未到達這個階段。

話雖如此，那個折紙不可能一事無成地被打敗吧。現在肯定——

「——啊。」

「戰慄。怎麼會……」

就在這時，兩人發現了一件事。

周圍存在著與兩人同樣發出痛苦呻吟的少女們的身影。

其中也包含銀白色CR-Unit被剝下的折紙。

「什麼……！折、折紙！不會吧……！」

「驚愕。折紙大師怎麼會……！」

兩人屏住呼吸，不禁面面相覷。

折紙的戰力無疑是少女們當中最強的。連她都戰敗，等於沒有人守護士道。

「……喝啊！」

「奮起。唔嗯……！」

意識到這一點的瞬間，耶俱矢與夕弦咬緊牙根站起身。兩人自然是渾身一陣劇痛，勉強靠意志力克服。說得極端一點，就算手腳被扯斷，只要還活著就能利用顯現裝置接回。

沒錯——只要還活著。

一旦死亡，便無可挽回。即使是超越人類智慧的巫師；即使是——號稱最強的初始精靈，也無法顛覆這個結果。

所以必須盡早確認士道與大家的安危。當然若是事情演變成最糟糕的事態，想必〈佛拉克西納斯〉也不會坐視不管。然而如今它受損嚴重，為防萬一，還是親眼確認他們平安無事為妙——

就在這個時候——

「——咦？」

「——啞然。那是……」

下一瞬間，耶俱矢與夕弦目瞪口呆。

不過，這也理所當然。

因為突然從地上朝夜空矗立起一道巨大光柱。

「唔……唔，啊、啊、啊、啊啊啊啊啊啊啊啊啊啊啊啊啊啊——！」

——〈野獸〉的吶喊振動周遭的空氣。

「……！」

士道只是怔怔地注視這淒慘的光景。

七罪刺出的短劍〈世界樹之枝〉歪斜的劍身貫穿〈野獸〉的身體那一瞬間，〈野獸〉——正確來說是她背負的那十把劍，開始發射出光芒。

刺眼的光芒如脈動般閃閃爍爍，變得越發激烈。不久後發出啪嘰啪嘰的聲音，朝四周發射靈力餘波。

「哇……！哇哇……！」

離〈野獸〉最近的七罪表現出驚慌失措的模樣。大概是被突然發出光芒的〈野獸〉嚇到，只見她當場縮起身體。

「七罪！待在那裡很危險！先離開再說！」

「……！嗯、嗯……！」

士道大喊後，七罪便慌張地逃離現場。結果靈力之光在上一秒七罪所在的地方大肆爆炸。

「呀～～！好、好險啊……」

「妳沒事吧！」

「還、還算可以……不過，這是怎麼回事？」

『——幹得好啊，我可愛的七罪。』

回答七罪的是從耳麥響起的瑪莉亞的聲音。七罪聽見加在名字前面的形容詞，臉頰抽動了一下。

『確認〈世界樹之枝〉發動，天使會暫時與〈野獸〉分離。不愧是七罪，真能幹、真強、真可愛。』

「唔唔啊啊啊啊————！」

七罪聽了瑪莉亞說的話，抱頭扭動身軀。那副模樣與其說是為立下的功績得到認可感到開心，看起來更像是因為不堪回首的可悲過去被翻出而苦惱。

……士道彷彿感同身受，無力地露出苦笑。

「……別調侃她調侃得太過分，難得她認可自己。」

『我是在誇獎她耶——算了。重點在於，要來了喔。』

「咦——」

瑪莉亞如此說道的下一瞬間。

「——唔，唔，啊，喔，啊啊啊啊啊啊啊！啊啊啊啊啊啊啊啊啊啊——！」

〈野獸〉發出格外響亮的吼叫聲後——她的身體隨即朝空中迸發出一道龐大的光。

那副模樣宛如聳天的尖塔，或是劈開黑夜刺入地面的巨大寶劍。

「嗚喔……！」

「什麼——」

目睹突如其來的光景，士道與七罪瞪大雙眼抬起頭。

於是，光柱前端正好像星星般閃耀——

無數道流星從中朝地面傾注而下。

「……喂，好像射向這裡了……！」

一起仰望天空的七罪發出哀號般的聲音。

沒錯，從天而降的無數光塊。其中一塊朝士道與七罪降落。

「什麼——」

士道與七罪不禁縮起身體，就算想逃離現場也為時已晚。兩人的視野被刺眼的光芒籠罩。

「嗚、嗚哇呀啊啊啊啊啊——！」

然而，並沒有受到預料中的衝擊。

反倒是——

「咦……？」

七罪呆愣的聲音響徹四周。

片刻過後，士道發現——

有一把短劍插在跌坐在地的七罪眼前。

「這、是……」

七罪輕輕屏息，凝視那把劍。

那是一把彎刀，比起破壞力，看似更追求刀刃的鋒利度。中心有一顆閃閃發亮的綠色寶石，以優美的曲線構成的輪廓像是一頂魔女的帽子。

七罪對這把劍有印象——是〈野獸〉背負的十把劍其中之一。

「——！」

彷彿是那些流星呼喚清晨，東方的天空瞬間微微泛起魚肚白。

士道沐浴在黎明之光下，抬頭望向四周——像在尋找降落地上的流星的行蹤。

然後，他才明白——

每一顆流星已抵達它們應該存在的地方。

第一把劍，插在折紙面前。

第二把劍，插在二亞面前。

第三把劍，插在狂三面前。

第四把劍，插在四糸乃面前。

第五把劍，插在琴里面前。

第六把劍，插在六喰面前。

第七把劍，插在七罪面前。

第八把劍，插在耶俱矢與夕弦面前。

第九把劍，插在美九面前。

——各得其所。

「這是……」

「哇～～……好酷喔……」

「哎呀、哎呀，多麼——懷念的感覺啊。」

少女們搖搖晃晃地撐起身體，凝視降臨在眼前的劍。原本疑似昏厥的四糸乃與折紙等人也像是被劍的靈力搖醒一般，發出輕聲呻吟抬起頭。

「唔唔……混、帳……！」

彷彿對此產生反應，失去劍的〈野獸〉痛苦地從喉嚨擠出聲音。

千萬不能錯過這個機會。士道扯開嗓門好讓大家聽見他的聲音。

「各位，拿起劍！」

「「……喔喔！」」

少女們回應士道，一齊伸出手握住插在眼前的劍的劍柄。

於是，那一瞬間。

氣數已盡的瓦礫堆捲起無數靈力光的漩渦──

綻放出巨大花朵。

「──……！」

深藍綠色的劍以少女們握住的劍柄為起點，逐漸帶有鮮豔的色彩。

不久，那些劍與光一起改變形狀。

變成無數羽毛、壯麗的書本、具備手槍的時鐘、巨大的兔子、火焰戰斧、鑰匙錫杖、具備鏡子的掃帚、閃閃發光的樂器。

沒錯，原本與初始精靈一同消失在這個世界的天使，如今再次在地上顯現出它們的姿態。

「……！〈冰結傀儡〉（Zadkiel）——！」

「！沒想到竟然真的裝備著我們的天使……」

「唔嗯……有了此物，便能戰鬥了。」

少女們——精靈們驅使各自的天使後，懷念其觸感般在身上灌注靈力，顯現出各式各樣的衣裳。

——靈裝，精靈穿著的絕對鎧甲，亦是堡壘。

少女們並排閃耀的模樣簡直重現了一年前的風景。士道內心充滿莫名感慨，不禁握起拳頭。

「咦……？」

就在這時，突然有一道溫暖的光芒包圍住士道的身體，士道不禁雙眼圓睜。

望向身旁，發現是站在那裡的七罪高舉〈贗造魔女〉。與此同時，原本刻劃在士道身上大大小小的傷痕宛如虛假般完全癒合。

「……因為很久沒用了，怕忘記怎麼使用，沒想到還記得。算是應急措施，按照慣例只清除表面的傷痕而已，別太亂來了。」

「我感覺好多了，謝謝妳，七罪。幸好有妳在。」

「…………嗯。」

士道像在確認傷勢般把手張開又握起並如此說道，七罪便一臉難為情地移開視線。

雖然反應不大，這正是七罪老實接受士道讚賞的證明。士道有點開心，勾起嘴角莞爾一笑。

接著，大概是發現士道的舉動，只見七罪的臉頰變得更紅了。

琴里見狀會心一笑，但立刻清了喉嚨，轉換心情後扯開嗓門領導大家：

「好了——」

琴里身穿和服靈裝，頭戴鬼角，身上纏繞著灼熱火焰，手持熊熊燃燒的戰斧指向〈野獸〉。

「——接下來就是我們的戰爭(DATE)了。」

精靈們隨著這聲號令——

飛向拂曉時分的天空。

被朝霞染紅的瓦礫平原閃耀著無數道光。

那是手持天使的少女們釋放出的靈力光芒；是聚集充滿世上的魔力所形成的超自然結晶；是人類智慧望塵莫及的「有形奇蹟」。

時隔一年穿上靈裝的少女們以令人感覺不到空白期的靈巧度操縱天使，一個接著一個包圍〈野獸〉。

「混帳。妳們對我……做了什麼……！」

被奪走「劍」的〈野獸〉揮舞右手裝備的「爪子」，襤褸的外套隨著動作飄揚。削除空間般的銳利斬擊朝少女們襲擊而去。

「唔哇！不是已經降低她的攻擊力了嗎！怎麼還是那麼強！」

「雖然暫時奪走她的天使，但雙方的力量原本就天差地別。與其說削弱她的力量，不如想成是奪走她攻擊的選項。不要大意，合力壓制她吧！」

「「——喔喔！」」

精靈們高聲吶喊回應琴里。

然而——

「…………」

「…………」

在戰場上，有兩道影子一語不發地望著這奇幻般的景象。

——分別是八舞耶俱矢與八舞夕弦。

平常總是率先站到大家面前爭相打頭陣的孿生姊妹，如今卻不知為何，並未拔起插在眼前的劍柄。

〈野獸〉原本背負的第八把劍。

設計成漩渦狀的細長寶劍。

雖然形狀不同，從那把劍能清清楚楚感受到過去耶俱矢與夕弦擁有的風之天使〈颶風騎士(Raphael)〉的雄姿。

只要拿起那把劍，肯定會像大家一樣恢復精靈之力吧。如此一來，勢必能助士道一臂之力，根本不需要猶豫才是。然而——

「我說啊，夕弦。」

「呼喚。耶俱矢。」

耶俱矢與夕弦喚了彼此的名字後，互相對望。

「……噗！」

「……微笑。呵呵。」

因為時間點不謀而合，兩人不禁笑了出來。

然後再次同時想起。

距今約一個月前，造成兩人猶豫不決的事端——

◇

——腦海裡有印象的，只有天空。

沒錯，天空。湛藍的天空，萬里無雲——是不到這種程度啦，但那幅光景美得令人屏息。

而飛越天空的小鳥身影看起來莫名美好，令自己不禁伸出手。

不——是想要伸出手。

實際上，自己的手並未進入視野之中。

是無法伸向天空呢？還是完全無法動彈呢……抑或是，早已失去手臂了呢？老實說，連我自己也搞不太清楚。

思緒清晰，身體的感覺卻莫名模糊。科幻作品中出現的只有大腦與脊椎漂浮在水槽裡的人類，大概就是這種感覺吧——腦海掠過這種無聊的想法。

不過，或許該感謝自己的身體沒有感覺。

因為若是感受過於鮮明，自己甚至無法像現在這樣思考了吧。

那天是個平凡無奇的日子。

一如往常在同樣的時間起床，也一如往常在四片吐司上塗抹各半的奶油與自家製草莓醬。不是兩片塗奶油，兩片塗草莓醬喔，重點在於各半的搭配。我如此強調後，母親也說出稱讚的話：

「好了，快點去學校。」

於是我拿起輕巧無比的學生書包，揹著用存下的打工費（還有央求父母預支的零用錢）購買的FENDER Stratocaster電吉他去學校，（比以往）認真地上課。

午餐也跟平常一樣，吃的是福利社的麵包。輕而易舉戰勝老是跟我爭奪的二班的麻耶與五班的來未，華麗地搶到熱賣的炸豬排三明治與卡士達波蘿麵包，還有香腸美乃滋螺旋麵包與巧克力丹麥麵包。一邊看兩人含淚啃著賣剩的食物一邊品嚐的麵包，一如往常別有一番滋味。

放學後，與社團成員加奈爭吵在接下來的文化祭要演奏的曲目（竟然嫌我推薦的曲目很做作，有罪）、去女籃當幫手，再去服飾研究會當模特兒，接著聽完同班同學美惠利說她的戀愛煩惱後（但其實是幾近自虐風的秀恩愛，最後一定會以「八舞妳也快點交男朋友啦～～」總結。看來她似乎不怕丟了小命），踏上歸途。

就這樣度過重複一百次，平凡無奇的日常一頁。

開心是開心啦，但這一天也沒什麼值得說嘴的事。想必很適合在十年、二十年後回憶當年的美好吧。

若硬要舉一件不同以往的事——

頂多只有在回家路上目睹小朋友追著掉落的球跑，衝到車子前面……這種像漫畫一樣的光景吧。

……哎呀，自己做的事未免太帥氣了吧，簡直就像以前崇拜的英雄。肯定會受到警察表揚，登上地方新聞的社會版報導吧。搞不好開朝會時，還會在全校學生面前介紹自己做的好人好事。

啊啊，不過受傷就麻煩了。文化祭快到了，少了自己，社團沒辦法演奏；還要當運動社的幫手。而且——

思考到這裡時，意識才漸漸模糊，察覺自己的狀態。

不對，其實自己早已心知肚明。

明知事實為何，卻佯裝不知。

——真傷腦筋呢。自己還有許多事情想做，想去旅行、想吃更多美食。重點是，自己還沒交過男朋友呢。

啊啊，對了。「我」——

風待八舞，死於這場車禍。

◇

「…………」

「…………」

二月，於八舞姊妹一起居住的精靈公寓八〇八號房內。

耶俱矢與夕弦從信封拿出資料瀏覽後，一同默默地坐在沙發上。這狀況對除了睡眠時間外一定有其中一人或兩人開口說話的八舞姊妹而言十分稀奇。

不過，這也難怪。

因為那份資料記載著兩人意想不到的事實。

「……上面寫著風待八舞呢。」

兩人不知沉默了多久，大概是受不了沉默，耶俱矢嘟囔了一句。

「……首肯。好像是呢。真是令人意外。」

「呃……嗯，名字算是還滿酷的……吧。」

「失笑。耶俱矢注重的竟然是這一點嗎？」

聽見耶俱矢說的話，夕弦輕聲噗嗤一笑。於是，耶俱矢似笑非笑地聳了聳肩。

當裝著資料的信封袋擺在眼前的瞬間，耶俱矢與夕弦比任何人都快地拿起信封——但兩人萬萬沒想到。

那份資料記載的人物情報竟然只有一個人。

不，正確來說，從以前就有記憶，或者該說是有莫名的真實感受吧。

——耶俱矢與夕弦原本就是同一個存在，後來一分為二。

實際上，在認識士道之前不斷重複的多數比賽，都是在對決兩人以後合二為一時，誰要當主人格。

不過，自從得知除了澪與十香以外的精靈原本都是人類的這個事實，兩人的想法有些改變。

這也難怪。如果是像澪或十香那樣誕生於靈力的存在也就罷了，通常一個人是不可能分裂成兩個人的吧。

因此耶俱矢和夕弦一直覺得兩人「原本是同一個存在」，應該是受到兩人獲得的靈魂結晶的影響。

換句話說，兩人認為——因為孿生姊妹獲得一分為二的靈魂結晶，才會被灌輸兩人原本是一人的想法。

所以，兩人在打開這個信封之前——

「我一定是姊姊！」

「否定。怎麼看都是夕弦是姊姊。主要是這邊。捏捏。」

「別那麼自然地揉別人的胸部啦～～！受不了……如果我是姊姊，妳可要乖乖叫我『耶俱矢姊姊大人』喔！」

「覺悟。耶俱矢才是，如果夕弦是姊姊，妳可要叫我『帥氣又溫柔，耶俱矢最愛的夕弦姊姊大人』喔。」

「不覺得妳的形容詞特別多嗎！」

雙方樂天地鬥嘴，還拿明天的點心當賭注，賭自己才是姊姊。

……不過正確來說，其實是兩人以前找折紙商量時她提出的假設。耶俱矢和夕弦聽完折紙的話，也只是回答：「這樣啊……啊，不對，本宮也有同樣想法。」「讚賞。不愧是折紙大師。」

然而，實際上〈拉塔托斯克〉的資料記載的只有名為「風待八舞」這名少女一人的情報。

耶俱矢感到混亂似的搔了搔頭。

「……所以說，這是什麼意思？我們以前明明是人類，卻像史萊姆一樣分裂嗎？咦！我們真的是人類嗎？不覺得比起精靈，更像怪物嗎？」

「詳細。〈拉塔托斯克〉特別註釋說，是近似於Vanishing Twin的狀態……」

「Vanishing Twin……？這個詞彙聽起來有點酷耶。好像消除對方攻擊的招式喔。」

「解說。是指懷上雙胞胎，但其中一個胎兒無法正常發育，被母胎或另一個胎兒吸收的現象……說得簡單一點，就是風待八舞『原本應該出生為雙胞胎』。」

「雙胞胎……」

耶俱矢與夕弦再次看向資料。

——風待八舞，當時十七歲。十月十八日生。

甚至記載著她在某天放學後，因保護小孩而發生車禍。想必就是在那時被〈幻影〉變成精靈的吧。

再加上風待八舞快要停止呼吸——才會讓潛藏在她體內的另一個人的因子對靈魂結晶產生反應吧。

資料上是這麼寫的。

「……呃，還有其他資料嗎？」

「確認。我看看，還有——」

就在這時，夕弦從一疊資料中發現一只小信封。

表面寫著「照片／風待八舞」。

「…………」

「…………」

看見這行文字，耶俱矢與夕弦再次陷入沉默。

然後不知經過了多久。

「我說啊，夕弦。」

「呼喚。耶俱矢。」

兩人不約而言地發出聲音。

「啊……什麼事？」

「提問。耶俱矢才是，叫夕弦做什麼？」

雙方互相禮讓。不過這樣下去也不是辦法，兩人同時下定決心似的清了喉嚨，開口：

「沒有啦……該怎麼說呢？我們今天還沒吃午餐吧。不如先去吃飯，順便休息一下。兩小時後再回到這裡集合……妳覺得如何？」

「恰巧。其實夕弦也這麼想。」

耶俱矢與夕弦對看了一眼後，似笑非笑地同時離開沙發。

「…………唉。」

走出精靈公寓一陣子後，耶俱矢輕輕嘆了口氣。

雖然以吃午餐的名義設定了休息時間，但她一點都不餓……不對，她今天早上只吃了一片塗了草莓果醬的吐司和沙拉，應該很餓才對，但她完全沒有飢餓感。

用膝蓋想也知道——是因為風待八舞的事。

耶俱矢不敢對夕弦說……其實自己看完那份資料後，腦海隱約浮現了風待八舞的記憶。

沒錯，她回想起來了。

想起她的經歷、她的思緒、她的——臨終。

這究竟意味著什麼？耶俱矢面對這突如其來的事情，內心一片混亂，只好隨便找個理由離開座位。

——據說自己與夕弦之所以會分裂成兩個人，是因為風待八舞的體內還潛藏著另一個人的因子。

那麼，這是否代表其中一人是原本的風待八舞，另一人則是原本並不存在的風待八舞的孿生姊妹？

而耶俱矢憶起風待八舞的記憶，就代表——

「……啊啊，真是的。」

耶俱矢甩了甩頭，像是要甩掉陰鬱的心情。

不行、不行。獨自煩惱的話，想像的盡是些不好的事。

這種時候，只能去那裡了。耶俱矢抬起頭，加快腳步前往目的地。

結果——

「思索。嗯。」

走出精靈公寓一陣子後，夕弦輕輕嘆了口氣。

雖然以吃午餐的名義設定了休息時間，但她一點都不餓……不對，她今天早上只吃了一片塗了奶油的吐司和沙拉，應該很餓才對，但她完全沒有飢餓感。

用膝蓋想也知道——是因為風待八舞的事。

夕弦不敢對耶俱矢說……其實自己看完那份資料後，腦海隱約浮現了風待八舞的記憶。

沒錯，她回想起來了。

想起她的經歷、她的思緒、她的——臨終。

這究竟意味著什麼？夕弦面對這突如其來的事情，內心一片混亂，只好隨便找個理由離開座位。

——據說自己與耶俱矢之所以會分裂成兩個人，是因為風待八舞的體內還潛藏著另一個人的因子。

那麼，這是否代表其中一人是原本的風待八舞，另一人則是原本並不存在的風待八舞的孿生姊妹？

而夕弦憶起風待八舞的記憶，就代表——

「……自惕。這樣不行。」

夕弦甩了甩頭，像是要甩掉陰鬱的心情。

不行、不行。獨自煩惱的話，想像的盡是些不好的事。

這種時候，只能去那裡了。夕弦抬起頭，加快腳步前往目的地。

結果——

「——啊。」

「——驚愕。這……」

耶俱矢與夕弦同時發現彼此的身影，兩人瞪大眼睛。

沒錯。在精靈公寓前分開，在附近徘徊的兩人，竟然分毫不差地同時來到相同的場所。

那就是——位於這棟公寓隔壁的五河家。

「…………」

「…………」

兩人目瞪口呆地對看了一會兒後——

「噗，哈哈……」

「苦笑。呵、呵呵……」

不約而同地笑了起來。

沒什麼大不了的。因為耶俱矢和夕弦都感到十分不安——才來到士道家，想找他聊聊。

於是，大概是聽到她們的笑聲，只見五河家的玄關打開，士道從裡面探出頭來。

「……？妳們兩個在別人家門前做什麼？」

「啊～～……抱歉、抱歉。有點事想找你商量。」

「首肯。你願意聽我們說嗎？」

「商量？」

士道一臉疑惑地歪了歪頭，但還是邀請兩人進門。

「所以，妳們要找我商量什麼？」

士道迅速地泡了兩杯茶，端到兩人面前。耶俱矢與夕弦瞥了彼此一眼後，輕聲低吟：

「嗯……該怎麼說呢？我只是假設喔……」

「提問。如果士道聽見自己是冒牌貨，會怎麼想？」

「…………啥？」

聽完兩人的問題，士道一頭霧水地皺起眉頭。

「這是怎樣啊？冒牌貨……？是心理測驗之類的嗎？」

「嗯～～哎，算是吧。如果有一天突然冒出一個跟自己長得一模一樣的人，你會怎麼想？」

「宣言。如果他跟你說『過去辛苦你了，我才是正牌』呢？」

「……妳們是在說真士嗎？」

士道手抵著下巴詢問。耶俱矢與夕弦聽了他的回答，「啊」地瞪大雙眼。

真士是士道成為士道之前的名字。儘管耶俱矢與夕弦完全沒有這個意思，但聽在士道耳裡，確實會如此認為吧。

「抱、抱歉。我沒有那個意思……」

「謝罪。如果讓你不舒服，夕弦跟你道歉。夕弦沒有要侮辱你們兩人的意思。」

耶俱矢與夕弦慌慌張張地說道，士道便聳了聳肩，莞爾一笑。

「沒關係，我懂的。」

接著這麼說了，做出沉思片刻的動作後回答：

「……妳們所謂的冒牌貨是什麼呢？」

「咦？」

「疑問。這話是什麼意思？」

「沒有啦，因為我跟那個『正牌士道』過著不一樣的生活，對吧？與他認識不一樣的人，聊不一樣的事，吃不一樣的食物……那麼，那並非冒牌貨，而是另一個正牌吧？

──至少，我跟真士都是這麼認為的。」

「…………」

「…………」

耶俱矢和夕弦聞言後，面面相覷──

「呵……嘿嘿嘿。」

「微笑。一點都沒錯。」

聽見符合自己期待的回答，兩人笑逐顏開。

──啊啊，幸好有來這裡。

溫暖的感情充滿肺腑，令耶俱矢與夕弦加深笑意。

想必這個答案早已存在於兩人心中。假如自己不是風待八舞，肯定會更快找到這個答案吧。就算自己是原本無法出生的存在，也與現在的自己無關。

不過，體貼對方的心令自己心生猶豫。擔心對方可能會因為自己的出身受到打擊，令兩人煩惱不已。

如今回想起來，究竟有什麼好糾結的呢。

耶俱矢與夕弦同時產生這種想法。而且不知為何，兩人都堅信對方也在想著同樣的事情。

相較於其他一樣從人類變成精靈的少女，耶俱矢與夕弦或許有些特殊。

但那又如何？

現在兩人在一起過得如此開心。

兩人互相競賽，如此滿腔熱血。

彼此的存在成為自己的救贖——

兩人在目瞪口呆的士道面前笑了好一陣子。

◇

——沒錯。從那時起，應該早已做好心理準備了。

之所以會頓時停止動作，不過是因為看見本應失去的天使之力顯示在眼前而感到不知所措罷了。

精靈之力會根據內心的狀態千變萬化，所以兩人擔心若是在擁有風待八舞記憶的情況下獲得靈力，有可能會產生某種變化。

不過——事到如今還有什麼好害怕的？

只要有耶俱矢在。
只要有夕弦在。
——兩人就是最強的。
在光芒躍動的戰場上，耶俱矢與夕弦互相微笑後，不約而同地牽起手。
「走吧，夕弦。」
「同意。走吧，耶俱矢。」
她們如此說道，各自伸出另一隻手，握住插在眼前的螺旋狀寶劍的劍柄。
「——！」
「……！」
瞬間，劍的表面從兩人觸碰的地方泛起漣漪，形狀扭曲變化。
同時，耶俱矢與夕弦再次湧起懷念的感覺。
像是澈底冰冷的身體流進熾熱的鮮血。
像是沉睡於腹部深處的某種東西覺醒。
——像是背上再次具備失去的羽翼。
「夕弦——」
「呼應。耶俱矢。」

感覺從兩人牽著的手為起點，她們的身體界線開始變得模糊。

不過，兩人無所畏懼，反而是要壓抑湧上心頭的激昂情緒比較辛苦。

耶俱矢與夕弦不約而同地湊近對方的臉龐後——

「「——」」

四脣相接。

◇

「——啊啊啊啊啊啊啊啊啊啊啊啊啊啊啊啊啊啊啊啊啊啊啊——！」

無數道斬擊隨著大發雷霆的咆哮射出。

〈野獸〉具備的五根「爪子」隨意劃破空氣與地面，大肆破壞，攻擊精靈們。

「唔……！這孩子威力也太強了吧……！」

琴里以〈灼爛殲鬼(Camael)〉擋開威力無窮的斬擊。傳到手臂的沉重衝擊令她不禁皺起臉。

理應被〈世界樹之枝〉奪走「劍」的〈野獸〉仍然與琴里等人展開超越勢均力敵的戰鬥。

雖然不像揮舞十把「劍」時那樣時而在空間開啟「洞孔」，時而發射寒冰或火焰。

但〈野獸〉只靠能撕裂所及之物的「爪子」與超常的臂力和反應速度——簡單來說，就是明

快的「力量」，就壓制住精靈們。

只用一擊就擊潰折紙的光線、四糸乃的冷氣、六喰從死角的攻擊、七罪的變身與美九的音波，宛如斷定所有抵抗皆無效般吼叫。

那副模樣簡直是解脫枷鎖的野獸。她散發出的神聖威嚴令少女們不禁屏息。

當然，琴里等人的目的既非降服〈野獸〉，更不是取她性命。不過在這種狀態下，要讓她跟士道對話簡直是作大頭夢吧。

感覺甚至比剝除「劍」之前更加狂暴了。也許被奪走武器後反而讓她使出了真本事，抑或是——其實那些「劍」才是鉗制她的牢獄？

這令人笑不出來的想像掠過琴里的腦海，她冒出汗水後，頭戴式耳機傳來瑪莉亞的聲音。

『——沒時間悠閒地在那裡小打小鬧了。〈世界樹之枝〉終究只能暫時將天使從〈野獸〉身上剝除。拖得太久，天使會再次化為「劍」，吸附到她身上。如此一來，就束手無策了。』

「又不是我們愛拖時間……！」

琴里皺起眉頭，呻吟般回答。

然而，瑪莉亞也不是想讓琴里她們氣急敗壞，她所說的話不過是單純的事實。琴里咂了嘴，扯開嗓子大喊：

「折紙！這樣下去不是辦法！要讓她吃一記威力強大的攻擊！」

「——了解。」

折紙高聲回應琴里的指示。琴里輕輕點頭後，集中注意力將〈灼爛殲鬼〉高舉過頭。

於是，外形為戰斧的天使宛如順從琴里的意思，逐漸改變姿態——形成纏繞在琴里纖細手臂上的巨大砲門。

【砲】(Megiddo)，火焰天使〈灼爛殲鬼〉引以為傲的最大火力形態。

「〈滅絕天使〉(Metatron)——」

而與此同時，折紙集結飄浮在身體周圍的無數「羽毛」，也是形成大砲的形態。

「…………！」

大概是察覺到兩人的行動，只見〈野獸〉挑了眉，警戒似的瞇起眼睛，像是要飛撲過來似的壓低姿勢。

是本能、智慧還是經驗法則？不知是什麼原因讓她確信，她明顯看穿了琴里與折紙會對她造成威脅。而無比遺憾的是，〈野獸〉的速度遠遠凌駕於琴里等人。

就算直接發射【砲】，恐怕也會被她閃開吧。琴里的腦海掠過如此深信不疑的念頭。這一擊威力再怎麼強大，沒有命中便毫無意義。

不，豈止如此，琴里和折紙在發射砲擊後會產生片刻的破綻。在她面前，那個破綻有可能成為致命傷。

沒錯。這樣下去無法射擊——「這樣下去的話」。

「——四糸乃！美九！」

「是！」

「等候多時了～～！」

琴里吶喊後，騎在巨兔人偶上的四糸乃與身體周圍纏繞著閃閃發光的鍵盤的美九便如此回應。明明沒有對兩人下達詳細的指示，她們卻主動占據位於〈野獸〉死角的地方。

「〈冰結傀儡〉！」

「〈破軍歌姬（Gabriel）〉——【輪旋曲（Rondo）】！」

下一瞬間，周圍的氣溫驟降，隨後〈野獸〉的雙腳出現冰之枷鎖，將她困在地上。同時，隱形的「聲音」屏障重重束縛她的身體。

「唔，唔、啊、啊啊——————！」

想必是出乎意料了吧，只見〈野獸〉發出咆哮，扭動身軀。

不過，琴里和折紙並沒有錯過這個機會，她們將兩具砲門同時朝向〈野獸〉，吶喊：

「〈灼爛殲鬼〉——【砲】！」

「〈滅絕天使〉——【砲冠（Artelif）】！」

火與光。

被壓縮在兩具砲門中的靈力一口氣釋放出來，於虛空中劃出兩道線。天色尚暗的黎明天空，猶如燃燒般染上鮮明的色彩。

說到純粹的火力，在天使中算最強的便是〈灼爛殲鬼〉與〈滅絕天使〉。

各自火力全開的一擊不偏不倚地襲向被束縛在地上的〈野獸〉。

然而——

「——啊，啊、啊啊啊啊啊啊啊啊啊啊啊——————！」

兩道砲擊就要命中〈野獸〉時，她發出格外響亮的咆哮，隨後憑著蠻力掙脫四糸乃與美九的束縛。

「咦……！」

「呀～～！太猛了～～！」

在四糸乃與美九驚慌失措時，〈野獸〉朝地面一蹬，凌空躍起。琴里與折紙使出渾身解數的砲擊就這麼通過上一秒〈野獸〉所在的空間。

不過——

「唔嗯。可不能白白浪費妹妹與折紙的一擊呢。」

「……是啊。早就預料到她會躲開了……！」

就在這時，不知何時繞到琴里與折紙對角線上的六喰與七罪同時舉起手上的天使。

鑰匙天使〈封解主〉。

以及模仿〈封解主〉的鏡子天使〈贗造魔女〉。

「開啟門扉吧，〈封解主〉！」

「怎麼能讓妳逃跑……！」

兩人將錫杖前端插入空間後，那裡便產生了巨大的「洞孔」。

那個「洞孔」將琴里與折紙發射的必殺一擊吸進去後——

從〈野獸〉背後開啟的新的「洞孔」釋放而出。

「嘎……啊啊啊啊啊啊啊啊啊啊啊啊——！」

灼燒天空的光線與地獄業火。

染成紅白的靈力奔流吞噬〈野獸〉，穿過天空。

集結現場——不，恐怕是現在這個地上的最大威力的精靈之力，強大無比的毀滅之光，想必會將普通的生物摧毀得屍骨無存吧。

就算〈野獸〉靈力再怎麼強大，也不可能毫髮無傷吧……實際上，琴里現在才開始反省自己可能做得有點過火了。

話雖如此，當務之急是讓她安分下來這一點依然不會改變。看來琴里和折紙會招致〈野獸〉的怨恨，但打開她的心房是士道的職責。只要能虜獲她的芳心，被怎麼怨恨都無所謂——

「——琴里！」

就在這時——

因為突然傳來士道的呼喚聲，琴里才終於察覺。

依然在空中留下痕跡的靈力奔流。

有一道黑色影子從那道刺眼的光柱中跳出。

「琴里，快逃啊——！」

士道從地上仰望天空，發出哀號般的吶喊。

「啊啊啊啊啊啊啊啊啊啊啊啊啊啊啊啊啊啊啊啊啊啊啊啊啊啊啊啊啊啊啊啊——！」

沒錯，琴里與折紙自毫的必滅之砲。

儘管全身受到威力最強的砲擊，〈野獸〉依然撲向琴里。

當然她並非毫髮無傷。她原本龜裂、腐朽的靈裝被破壞得更加嚴重，早已無法保持原型。失去色彩的頭髮，髮尾也微微燒焦。這慘狀就算倒臥在地也不足為奇。

不過在這樣的狀態下，唯獨她的手具備的五根「爪子」，其刀身依然閃耀著。

「妹妹！」

「琴里——」

「琴里！」

慢了一拍，大家才發出哀號似的聲音。

然而，為時已晚。釋放出全力一擊後的短暫遲緩使得琴里的身體明顯跟不上她的意識。

——五根「爪子」隨著撼動世界的吼叫聲，朝琴里揮下。

琴里的身體只是毫無防備地接受那道斬擊——

「————————咦？」

下一瞬間，士道聽見自己的喉嚨發出錯愕的聲音。

不過，這也難怪。

因為正要劈開琴里的〈野獸〉突然墜向地面。

「到底發生了什麼——」

「嘎……啊！」

摔落地面的〈野獸〉瞪著天空。

士道循著她的視線抬起頭——才終於發現。

朝陽照射下的藍色天空。

有一名少女的身影。

「那是……」

是精靈──吧。覆蓋她的高挑身材，猶如拘束衣的鎧甲，與琴里等人的靈裝一樣充滿靈力。

她右手握著一把巨大長矛，左手纏繞著閃閃發光的鎖鏈，背上則屹立著飛天的羽翼。

不過，奪走士道目光的並非這些要素，而是她那從飄逸長髮與圍巾間若隱若現的容貌。

熱情與沉著；活潑與靜謐。

包含兩種相反要素的雙眸與五官。

不知為何，那張精悍又可愛的面容令士道有種似曾相識的奇妙感覺。

「耶俱矢……不對，還是……夕弦？」

士道半無意識地吐出這兩個名字。

沒錯。那名少女的臉龐令他想起耶俱矢和夕弦的模樣。

大概是聽見了士道的聲音，只見少女突然莞爾一笑。

然後空中傳來聲音，高聲報上她的名號。

「──登場。遠者豎耳細聽，近者睜眼細看。

以一擋神，快刀斬亂魔──吾乃橫掃萬象的颶風之王，風待八舞。」

「風待——八舞。」

士道再三思考般複誦一次少女報上的名號。

然後，十分確定。

那正是耶俱矢與夕弦曾經身為人類時的名字。

「難不成，是『妳們』……嗎？」

「微笑。呵——」

士道呆愣地低喃後，少女——八舞便露出狂妄的微笑。

「你理解得這麼快，事情就好辦了。這副模樣是基於八舞耶俱矢和八舞夕弦形成的姿態。

——正是多虧了你，我的朋友。是你給了我勇氣。」

「我……？」

士道瞪大雙眼，八舞便像是連這點反應都感到有趣似的笑著望向他。

「愉快。好了，這件事待會兒再說。

不過，士道，你這個男人應該不會犯下面對少女盛裝打扮卻隻字不提的愚蠢錯誤吧？」

八舞說完，戲謔地瞇起眼睛。

士道不禁愣住，不過立刻就察覺她的意思並開口：

「當然……超級帥氣喔。我只是有些看傻了眼。」

「噗、哈！」

士道說完，八舞便忍俊不禁地噗嗤一笑。

然後以甚至讓人感覺優雅的舉止，將長矛前端指向在地上瞪視自己的〈野獸〉。

「——臨戰。好了，招呼就到這裡吧。我是自願擔任舞伴的，置之不理太久的話，可能會惹得淑女不開心喔。」

八舞如此說道，微微搖晃羽翼——

下一瞬間便從空中消失。

「咦……！」

事發突然，士道吃驚得雙眼圓睜。

不過，隔了一拍就聽到〈野獸〉那邊響起震耳欲襲的爆炸聲，他才理解。

原來是八舞以迅雷不及掩耳的速度飛過空中。

「——強襲。咻——————！」

八舞只留下這道聲音於原本的空域，隨後便高速朝眼下的〈野獸〉降落。

往空中一蹬後，身體立刻受到強烈的衝擊——音速之壁。空氣超過一定速度的瞬間，便會化為堅固的障壁，阻擋在物質前面。八舞不到瞬間便超越那個速度，貫穿隱形屏障。

在外殼堅硬的飛機都可能解體的衝擊下，八舞卻充滿激昂，甚至想大喊。

——身體好輕，手腳像是要脹破似的充滿力量，世間萬物看起來就像靜止一樣。

到達極速的八舞世界。如今她無疑是這個靜止世界的支配者。

「…………！」

不過，有一個人踏入她的世界。

因為〈野獸〉發現八舞接近後，便揮舞她手上具備的「爪子」。

五道擁有必殺威力的斬擊在八舞眼前同時發射出來。是在一般狀況下無法避開的距離，極死的間距。下一剎那，八舞的身體肯定會四分五裂吧。

「幹得漂亮——」

不過，八舞在空中一個翻身，在一張紙——不，連一張紙的厚度都不到的極限距離下，閃開「爪子」的攻擊。

臉頰、胸口、腹部、手腳留下斬擊尾端輕撫過的觸感。然而，八舞的身體一滴血也沒有流。

若是〈野獸〉發揮百分之百的力量，結果應該會不同吧。如果她釋放出來的五道斬擊，有其中一道命中八舞，勢必會輕而易舉翻轉戰況。

不過，八舞堅信。

堅信精靈們合力使出渾身解數的一擊肯定在〈野獸〉的身體烙印下重傷，稍微磨鈍了「爪子」的精確度。

沒錯。八舞並非孤軍奮戰，而是踏在所有人賭上性命開拓出來的道路上奮戰。

那個精靈太過強大，本來不是八舞足以匹敵的對象。

不過，在大家累積起來的此時此刻。

唯獨這一瞬間，風之八舞能凌駕於〈野獸〉之上──！

「反擊。喝啊───！」

八舞不吝惜對〈野獸〉的讚賞，同時用力刺出手上的長矛。

──【穿刺者(El Re'em)】，冠上獨角獸之名的無敵長矛。風配合其尖銳外形捲起漩渦，產生龍捲風。

「啊、啊啊！」

不過，〈野獸〉硬是將揮下的手臂轉往反方向，骨頭因此嘎吱作響，接著用「爪」背彈開那一擊。纏繞在長矛尖端的風失去指向性，散布四周。

「唔……啊……！」

然而，八舞的反擊不只如此。〈野獸〉一臉痛苦地皺起臉。

──因為【束縛者(El Nahash)】，冠上蛇之名的鎖鏈，纏繞住她的雙腳。

「呼……！」

八舞在左手施力，操作鎖鏈，將〈野獸〉摔向地面。

「唔……！」

〈野獸〉立刻站起來，伸出「爪子」想切斷鎖鏈。不過，八舞在千鈞一髮之際拉回左手，回收【束縛者】。

──如果以八舞姊妹風來思考，就是耶俱矢的突擊被躲開，早就預料到這一點的夕弦攻擊成功，令耶俱矢感到懊悔──這類的吧。

「──────」

八舞不禁自嘲，自己在戰鬥中還有閒情逸致想像這種情境。

如今她能理解，耶俱矢雖然表現出一副懊悔的模樣，實則暗暗誇讚夕弦的功績；而夕弦則是明白耶俱矢是自告奮勇擔任誘餌的角色。

因為現在這副軀體是耶俱矢與夕弦的融合體，蘊藏在體內的意識自然也是處於混合兩者意思的狀態。

沒錯。嚴格來說，這副模樣與意識並非與身為人類時的風待八舞完全一樣。

而是耶俱矢與夕弦姊妹倆一路走來的成長經歷所形成的嶄新八舞之姿。

有些事在利用〈颶風騎士〉的力量完成融合後才終於明白。

那便是遙遠的記憶。在風待八舞瀕臨死亡時，因為獲得靈魂結晶而萌芽的無名妹妹的思緒。

啊啊，沒錯。藉由靈魂結晶之力覺醒的她為了想辦法避免親愛的姊姊死亡，將自己與八舞的心合二為一。

垂死的風待八舞，與無法出生的妹妹。

徘徊於生死之間的兩個曖昧因子，因為合二為一才免於死亡。

經過時光流逝，兩人的心再次分化為二。

——不過，就此誕生的兩名精靈與原本的兩人有些差異。

沒什麼大不了的。

風待八舞與無名妹妹。

耶俱矢與夕弦雙方是繼承了兩人因子的分化體。

「……苦笑。連我自己也覺得竟然為這種無聊的事煩惱。」

八舞莞爾一笑後，舉起【穿刺者】與【束縛者】。

「明明這副軀體只是充滿無名妹妹的愛而已！」

然後再次將【穿刺者】刺向〈野獸〉。

不過，這次的一擊似【穿刺者】卻非【穿刺者】。

「【貫穿者】(El Tsuofuel)……！」

八舞吶喊這個名字後，身體大幅向後仰，竭盡全力扔出。

——扔出將鎖鏈與長矛柄前端融合的巨大投擲槍。

「……唔、啊——！」

〈野獸〉原本打算與剛才一樣以「爪子」揮開長矛，卻在千鈞一髮之際向後仰。

想必她也察覺到這一擊的威力有別於剛才的攻擊吧。

不過，【貫穿者】的威脅並非只來自長矛的威力。纏繞在長矛上，比剛才更強力的風，輕而易舉便吹飛了〈野獸〉。

「嘎——！」

「解決。這下子——就結束了！」

八舞高聲宣言後，拉回【貫穿者】，瞄準飛在空中的〈野獸〉。

然而，就在這時——

「啊——」

〈野獸〉前所未有地冷靜咆哮，隨後合攏右手的手指，將裝備於手部周圍的五根「爪子」集結為一。

「疑惑。她在做什麼……？」

面對〈野獸〉出乎預料的行動，八舞微微皺起眉頭。

話雖如此，要做的事依然沒有改變。不管對方打算做什麼，將耶俱矢與夕弦的力量化為一體的【貫穿者】是無堅不摧的——

「什麼——」

然而——

正要發射【貫穿者】的八舞頓時瞪大雙眼，全身僵硬。

理由很單純。因為〈野獸〉集結成一根的「爪子」發出淡淡光芒，同時改變形狀。

——「化為一把劍身寬大的大劍」。

「啊啊啊啊啊啊啊啊啊啊啊啊啊啊啊——！」

〈野獸〉發出哀號般的咆哮。

並且揮下那把大劍。

「什麼……！」

暴風迴旋，靈力散亂的戰場。

在戰場上看精靈們戰鬥的士道不禁高聲吶喊。

理由有好幾個。短短數分鐘，戰場便風雲變色。

先是大家恢復了靈力，接著在眾人同心協力下，琴里與折紙給予〈野獸〉威力強大的一擊。

然後合二為一的八舞姊妹與〈野獸〉經過一陣激戰。

不過現在捕捉住士道的目光，令他目不轉睛的只有一件事。

——那便是〈野獸〉揮舞的劍。

「那是……」

士道呆愣地從喉嚨發出聲音。

話雖如此，精靈們的反應也大同小異。大家不是瞪大雙眼，就是皺起眉頭凝視著〈野獸〉的劍。

不過，這也理所當然。

因為她手上握著的那把劍是——

「……〈鏖殺公(Sandalphon)〉……！」

——過去十香擁有的劍之天使。

「這是……怎麼回事……？」

士道注視著〈野獸〉，發出顫抖的聲音。

〈野獸〉擁有的十把劍的確是所有人曾經具備的天使之力。照理說，即使擁有〈鏖殺公〉的力量也不足為奇。

那麼，〈鏖殺公〉應該要由她裝備的十把劍之一幻化而成才有道理吧？

然而為什麼是由她的「爪子」化為〈鏖殺公〉？

難不成她是——

「八舞！」

「……！」

琴里的吶喊打斷了士道的思緒。

沒錯。因為與士道一樣被〈鏖殺公〉奪去目光的八舞正面挨了那一記攻擊。

〈野獸〉發出的〈鏖殺公〉的斬擊在大地刻下深深的裂痕。四周塵土飛揚，無法確認八舞的狀態。

「唔嗯……！八舞！」

「怎麼會……」

戰場上響起精靈們驚慌失措的聲音。〈野獸〉的一擊太過強大，令剛目睹八舞大顯身手的她們戰慄不已。

然而——

「……謝罪。失禮了，竟然在戰鬥中分散注意力。」

剎時間捲起狂風，四周飛揚的塵土立刻散去。

而狂風中心——站著一名舉著巨大盾牌的騎士。

「公開——【守護者（El Peguz）】。如果沒有它，真不知道會落得什麼下場呢。」

八舞說完，放下盾牌。看來那張盾牌似乎是她收起背上的羽翼，纏繞住鎖鏈形成的。與【貫穿者】一樣，似乎是她的天使擁有的變化之一。

「八舞！妳沒事吧！」

「當然。真是千鈞一髮呢。」

八舞如此說道，吐了一口長氣後，眼神銳利地望向坐鎮於空中的〈野獸〉。

「激昂。本宮已充分見識過閣下的力量。吾尚且不過問汝那把劍從何而來——便以施展吾之奧義來洗刷剛才的失禮吧。」

接著她如此說完，大幅張開雙手。

於是，脫離她手中的長矛與盾牌，甚至連她身上穿的一部分鎧甲都飄浮到空中，形成全新的形狀。

——令見者震撼不已的巨大弩弓的形狀。

「呀……！」

「嗚哇～～！這、這是什麼啊～～！」

那副弩弓配合八舞手的動作拉滿弓弦的同時，四周捲起強烈暴風。

簡直就像驅散浮雲、捲起瓦礫、削除大地的飛龍展翅。連站立都有困難的狂暴烈風在死亡大地上到處肆虐。

不久後，集中於化為箭矢的長矛上——

「解放。〈颶風騎士〉——【吞噬蒼穹者（El Yevurn）】。」

隨著八舞的聲音射向〈野獸〉。

# 第九章 誘宵美九

你相信有天堂嗎？

噢，不是不是，人家不是在傳教啦。

真的有天堂喲，而且還滿近的。具體而言是在東京都天宮市東天宮——沒錯，那就是我們達令家～～！

那裡是幾乎每晚都有可愛女孩聚集的祕密花園……而且還附上達令做的美味晚餐，真是無可挑剔！只要來到這裡，因每日行程滿檔而疲備不堪的身體也能瞬間恢復元氣！是人家精神百倍的祕訣～～！

——不過，認識大家約一年半。

最近經常感受到一件事。

沒有別的，就是大家的成長。

七罪嘴裡發著牢騷，還是決定去國中上學；六喰一刀剪斷自己的頭髮；折紙與琴里一如往常地精益求精；耶俱矢與夕弦幾乎每天都在挑戰新事物；狂三最近好像也熱衷地在學習；就連二亞最近也很少喝啤酒，改喝濃度較高的蘇打燒酒……不對，是克服過去，打算聘請助手了。不過，是先在家使用數位助理就是了。

而——四糸乃的成長則是在十香消失時展現出來。

達令也堅強地試圖從失去十香的痛苦當中振作起來。

真是奇怪呢，人家明明是偶像。

明明是生活在五光十色、光鮮亮麗的地方。

偶爾會因為大家太過耀眼而感到頭暈目眩。

◇

——一陣風在戰場上呼嘯而過。

人家只能這麼形容。八舞朝〈野獸〉發射巨大弩弓的瞬間，濃密的空氣團塊在大地上劃出一條直線。

瞬間過後，風經過的地方便空無一物。

連堆積的建築物殘骸也消失得無影無蹤。

原本應該位於殘骸下方的道路也不留一絲痕跡。

當然還有——位於箭矢射線上的精靈〈野獸〉也不見蹤跡。

「哎呀、哎呀……」

「哇～～……好誇張。」

「消失得乾乾淨淨呢～～……」

頓了一拍後，對其壓倒性的威力目瞪口呆的精靈們才紛紛發聲表達意見。士道也抖了一下肩膀，回過神說：

「會、會不會做得太過火了……」

士道等人的目的終究是與〈野獸〉對話，虜獲她的芳心。雖然確實因為無法與她好好談話而採取試圖削弱她的力量這個方針——但這樣，連關鍵人物〈野獸〉是否平安無事都不知道。

「信賴。呼——」

然而，八舞卻老神在在地露出洋溢的笑容，鬆開舉起的雙手。於是，巨大弩弓像是回應她的動作，在空中分解，再次化為羽翼與鎧甲纏繞在她身上。

「如果她是會被剛才那一擊打倒的精靈，在受到琴里和折紙砲擊時早就消失了吧。」

「咦？」

士道瞪大雙眼反問，原本被夷為平地的地面正巧像隆起般爆炸。

「……！」

「……！啊——」

然後地面下出現少女拄著劍的身影——那無庸置疑是〈野獸〉。

不過，她原本因為琴里與折紙的攻擊而遭受嚴重損傷的靈裝已經不成鎧甲的形狀，蒼白的肌膚刻劃著無數傷痕。呼吸急促、手腳顫抖，看起來就像是勉強站立的模樣。

不——說得更正確一點，對現在的她而言，那些狀況也不過是一些瑣碎的變化罷了。

「……咦？」

士道微微皺眉。

站在那裡的，無庸置疑是〈野獸〉。

不過，現在的她所散發出來的氣息，總覺得與剛才大鬧一番的精靈有些不同。

「……我…………該不會……」

〈野獸〉一臉愕然地環顧四周，肩膀抽動，將視線落在自己的掌心。

士道對她的舉止有種強烈的似曾相識的感覺，便向前踏出一步。

「啊……」

「……！」

於是，〈野獸〉像是發現士道似的抬起頭後，看了士道一眼，驚愕地雙眼圓睜。

「——唔，啊，啊啊啊啊啊啊——」

〈野獸〉宛如拒絕士道的呼喚，長聲吶喊。

然後像是被劍的重量擺弄，儘管踉蹌，還是由下往上將劍尖揮向天空。

「——！各位，小心點！」

「唔……！」

看見〈野獸〉的動作，精靈們立刻繃緊神經。所有人一同展開天使採取防禦姿勢，以便應付斬擊。

然而無論經過多久，預想中的攻擊都並未襲來。

反倒是——

「……！那是什麼……」

士道目睹擴展在眼前的光景，不由得瞪大雙眼。

這也難怪。因為空中好似描繪〈野獸〉揮劍的軌跡，產生新月形狀的傷痕。

傷痕——這樣說有點奇怪，但士道只能如此形容。因為眼前的光景就好像空間被劈開而受傷一樣。

話雖如此，當然非生物的空間不可能擁有血肉之軀，它的斷面露出的只是黑暗的顏色。

「啊——」

不過，士道慢了一拍才想到——自己曾經見過這樣的光景。

沒錯。昨天傍晚〈野獸〉出現時，空間也產生過類似的傷痕。正確來說，當時是被「爪子」劈開似的五道傷痕。

「！等一下！妳是──」

士道意識到這一點的同時，伸出手想緊抓住〈野獸〉，然後大喊。

「……！──」

〈野獸〉聽見士道的聲音，表現出輕輕屏息的模樣，接著就這樣將身體慢慢擠進空間的傷痕之中。

「什麼……！難不成妳打算逃跑嗎！」

「休想得逞──」

「〈封解主〉！」

慢了一拍察覺〈野獸〉意圖的精靈們不是同時在空中一蹬，就是發動天使。

然而──為時已晚。當精靈們展開攻勢時，〈野獸〉的身體已滑進空間的裂縫。

同時，傷痕無聲無息地逐漸關閉。從「洞孔」伸出的六喰的手臂與〈滅絕天使〉的光線空虛地劃過天空。

「…………」

「…………」

「…………」

——直到剛才還是戰場的空間充滿不自然的寂靜。

〈野獸〉去哪裡了呢？她真的逃跑了嗎？還是潛藏在某處，等待反擊的時機呢——

各種可能性在腦海翻騰，令精靈們緊張不已。大家小心謹慎地察看四周。

數十秒後，當所有人的頭戴式耳機或耳麥傳來瑪莉亞的聲音時，大家才解除危機意識。

『——靈波反應已完全消失了。看來她真的逃跑了。』

聽見報告的同時，有數名精靈鬆了口氣，數名精靈則是深感悔恨，愁眉苦臉。

「哎呀～～……還以為她這次死定了呢。不過結果還算圓滿，大家平安無事真是太好了。」

代表安心組的二亞「呼啊～～」地吐了一大口氣，癱坐在地。

不過，站在她後方的琴里則是眉頭深鎖地盤起胳膊。

「……可是，我們的目的終究是虜獲〈野獸〉的芳心吧。實在難以說是萬事圓滿呢。」

「妹妹，妳還是一樣認真呢。老是愁眉苦臉的話，小心長皺紋喔。」

「我、我說妳啊……」

琴里皺起眉頭，二亞便揮了揮手回答：

「——歷經那種危機狀況，所有人還存活下來，都是多虧大家的努力才保住所有人的性命。再奢求更好的結果，未免也太貪心。還是說，妳寧可犧牲一兩個人的性命，也想虜獲小獸獸的芳心？」

「我、我又沒那麼說……」

二亞說完，琴里便支支吾吾地如此回答。

就在這時，響起瑪莉亞冰冷的聲音反駁二亞：

『別上當了，琴里。二亞說是多虧大家的努力，但她恢復靈力後並沒有在對抗〈野獸〉的戰役中有什麼特別的貢獻。』

「呃啊！」

二亞肩膀一震，發出淺顯易懂的驚愕聲。大家露出鄙視的眼神刺向二亞。

「妳、妳們不是知道嗎？我的〈囁告篇帙〉不適合戰鬥嘛～～！要發動未來記載很費時間，而且很難長時間維持下去，我唯一的靠山量產型瑪莉亞又沒辦法幫我～～！」

『當然沒辦法啊！為了盡量維持〈世界樹之枝〉的效果，我全力運作我的演算機能，早已分身乏術。是說，妳不要老是依靠別人的幫助啦。』

「唔、唔唔……可、可是真要說的話，不只我一個人沒貢獻，三三不也什麼都沒做嗎！」

二亞猛力指向狂三。不過，狂三並不怎麼慌張地用手指碰臉頰說：「哎呀、哎呀。」

「不好意思，我的〈刻刻帝(Zafkiel)〉不僅耗費靈力，還會奪走我的『時間』。我承認我無法太積極地參戰——但如果妳們願意讓我吸取大家或到避難所避難的人的『時間』，我倒是可以大肆地胡鬧一番喲。」
狂三如此說完，微微一笑。她那邪魅的笑容令人想起過去被譽為最邪惡精靈的姿態。
「啊～～……」
「……不過，狂三的情況確實是如此……」
精靈們的臉頰流下汗水，像在表示同意狂三說的話。
狂三輕輕頷首，接著說：「但是──」
「說我什麼事都沒做，可真教人心寒呢。相較於各位大顯身手的表現，我做的事可能並不醒目，但我可是有用〈食時之城〉絆住〈野獸〉的腳步喲。而且──」
「……而且什麼？」
士道歪過頭，狂三便沉默片刻，接著「呵呵呵」地露出意味深長的微笑。
「──現在還不能透露。」
「咦咦～～！這種感覺是怎樣！好奸詐喔～～！別以為意味深長地含糊其辭，就能一笑置之喔～～！」
二亞猛力揮著手大喊。
然而，其他精靈卻──
「不過，畢竟是狂三嘛……」

「可能有什麼原因吧……」

臉頰流著汗水，將手抵在下巴低吟。

「搞、搞什麼啊，都替三三說話！真要說的話，我也並非什麼事都沒做啊～～！」

「咦，那妳做了什麼？」

七罪詢問後，二亞便露出一副「就等有人發問」的表情狂妄地莞爾一笑，回答：

「——現在還不能透露。」

於是，精靈們一臉無奈地翻了白眼。

「……又～～說這種話了。」

「二亞，老老實實地道歉也很重要喔。」

「反應明顯跟三三說的時候截然不同嘛～～！」

二亞倏地站起身，緊抱住士道向他哭訴：

「哇～～！少年～～！大家都欺負我～～！」

「哈哈……乖、乖。」

士道苦笑著撫摸二亞的頭。於是，周圍的精靈露出蘊含各種感情的視線刺向二亞。二亞渾身不自在地舉起雙手，放開士道。

「ＯＫ！冷靜點，兄弟，剛才是我太輕率了。尤其是小折折，不要真心散發出殺氣好嗎？」

「我才沒有散發出殺氣。」

「真、真的嗎……？」

「被人察覺殺意是未成熟的證明，專家只會留下死亡這個結果。」

「這是什麼危險的發言啊～～！」

二亞淚眼汪汪地發出哀號般的叫聲。精靈們見狀「啊哈哈」地笑了起來。想必二亞並沒有要逗大家笑的意思，卻一口氣沖淡了殘留在現場的緊張氣氛。士道因此鬆了一口氣。

精靈們大概也實際感受到戰鬥結束了，只見她們各自從空中、地面聚集到士道身邊。然後看著彼此令人懷念的靈裝姿態露出笑容，稱讚彼此的活躍。

其中反應最為熱烈的則是美九。

「呀～～！大家真是太英勇了～～！真～～～的很帥氣呢～～！睽違已久的靈裝也令人大飽眼福～～！趁現在來拍照吧，拍照！有人有帶相機或手機嗎？」

她一副像是要把大家吞下去的樣子張開雙手，眼睛散發出閃耀的光彩。看見她一如往常，大家一臉無奈地苦笑。

「話說回來——叫妳八舞就好了吧。老實說，多虧有妳挺身相助。要是沒有妳，可能會陷入更糟糕的狀況。」

琴里望向八舞，如此說道。於是八舞綻放笑容，聳了聳肩回答：

「否定。妳們早已布好局，我不過是補上臨門一腳罷了。引以為傲吧，少女們，這是妳們的勝利。」

八舞說完後眨了眼。這個動作極為做作，但奇妙的是並不怎麼令人反感。

「呃，八舞，妳是耶俱矢和夕弦身為人類時的姿態……對吧？」

「就是說呀～～該不會是八舞騎士？」

四糸乃與蘊藏在〈冰結傀儡〉中的「四糸奈」歪頭詢問。於是八舞輕輕搖搖頭，回答：

「說明。我的確是風待八舞沒錯，但嚴格來說，並非與人類時期的風待八舞是同一個存在。這副模樣終究是各自成長的八舞耶俱矢與八舞夕弦互相融合後的姿態，至少生前的我身高沒這麼高——也沒有如此雄偉的雙峰。」

八舞打趣似的擠了擠自己碩大的胸部，尺寸甚至超越了夕弦原本豐滿的胸部。美九也「唔喔～～！」地發出漫畫般的聲音。

「八、八八八舞！妳、妳可以抱我一下嗎……？」

「特別。真是拿妳這隻小貓沒辦法。過來。」

「噫～～～～！姊姊大人～～～～～～！」

美九臉上流出各種液體，撲向八舞懷中。

不過下一瞬間，八舞的身體發出淡淡光芒，剪影立刻一分為二。

「喔哇！嚇我一跳！」

「驚愕。這是……」

八舞——分成兩人的耶俱矢與夕弦吃驚得瞪大雙眼。想當然耳，本想撲向八舞懷中的美九撲了空，跌了個狗吃屎。

「呀啊～～！出乎意料的觸感！姊姊大人在哪裡？」

「啊～～抱歉、抱歉，好像時間到了……」

「謝罪。原本就是強制融合的，能維持到現在已經算是奇蹟了。」

「怎、怎麼這樣……既然如此，耶俱矢、夕弦！請妳們從左右兩邊一起抱過來！」

美九猛然起身，再次張開雙手。

「哇！喂，妳冷靜一點！」

「戰慄。真是不屈不撓呢。」

耶俱矢與夕弦制止逼近而來的美九。看見美九還是老樣子，士道不禁露出苦笑。

「……這樣就好了吧。」

都是因為大家安然無恙，現在才能目睹如此悠閒自在的光景。士道按著自己的胸口，好壓抑仍然盤踞在內心深處的悔恨。

二亞說的也不無道理。雖然無法虜獲〈野獸〉的芳心實屬遺憾，但所有人能在那種危機狀況下存活就該謝天謝地了吧。

「…………」

不過，有件事令士道非常在意。那就是〈野獸〉受到八舞攻擊後的狀態。

她說話的語氣、眼裡閃爍的光輝明顯與以往的她散發的氣息不同。沒錯，那簡直就像——

思考到這裡時，士道突然想起某件事。他輕輕按住耳麥，對瑪莉亞說道：

「瑪莉亞，〈野獸〉究竟消失到哪裡去了？鄰界……已經不存在了吧？」

士道說完，原本喧鬧不已的精靈們眉毛都紛紛抽動了一下。

鄰界，據說是精靈存在的空間。那個世界與人類世界僅有一紙之隔。而所謂的空間震，原本是指精靈從鄰界現身到人界時所產生的餘波。

不過，那個鄰界應該也已隨著初始精靈澪的死亡而消滅了才對。那麼，〈野獸〉究竟消失到哪裡去了呢？

『……至少剛才的反應是〈封解主〉在空間開啟「洞孔」時的反應，與一般的消失有明顯的差異。』

「所以是……？」

瑪莉亞沉默數秒後，有些不甘心地接著說：

『……光靠現在的情報，我只能說不清楚。』

「……！」

士道輕聲屏息後握起拳頭。

他並非沒有預料到自己會聽到這個回答。〈野獸〉是一切都脫離常軌的精靈，不過直接聽到這句話，一陣揪心般的痛苦朝士道襲來。

如果〈野獸〉只是為了療傷才暫時撤退倒還好，因為這樣還有拯救她的可能性。

可是一想到她消失前露出的表情——士道便擔心她是否不會再出現在自己面前。

「……士道。」

大概是察覺到士道失望的心情，只見琴里溫柔地將手放在他肩上，並開口：

「別太責怪自己，你已經做得很好了。」

「可是，我……」

無法拯救她。

無法拯救那名神祕的精靈。

無法拯救那名表情充滿絕望的女孩。

無法拯救那名擁有「那把劍」的少女——

「…………！」

於是——

就在士道的腦海裡掠過如此悲觀想法的那一瞬間。

——一顆流星從天而降，落到士道腳邊。

「什麼——」

刺眼光芒包圍四周，令士道感到一陣頭暈目眩。

回過神時，發現那裡——插著一把劍。

「這是……」

「哦？」

「是〈野獸〉的……劍嗎？」

大家慌亂或好奇的聲音此起彼落。

沒錯。彷彿只追求斬斷的單刃大劍。

那無庸置疑是〈野獸〉背負的最後一把劍——她的第十把劍。

「為、為什麼這把劍會……」

士道呆愣地喃喃自語，同時想起剛才目睹的光景。

由於七罪大顯身手，確實將十把劍從〈野獸〉身上剝除，使所有人恢復精靈之力。

不過，將八舞算成一人時，現在位於這裡的精靈為九人。而插在她們眼前的劍，也是九把。

戰鬥時還沒有餘力思考到這一點——當時最後一把劍不知道消失到哪裡去了。

而士道隱約認為那第十把劍是由天使〈鏖殺公〉變化而成。畢竟從第一把到第九把劍全都與所有人的天使互相匹配，如此思考才自然吧。

但是當〈野獸〉揮舞的「爪子」變化成〈鏖殺公〉的模樣時，打破了這個假設。反倒產生了疑問。

——這把劍到底是什麼劍？

為何現在會插入士道眼前的地面？

士道沒有任何根據，卻強烈認為這應該具備某種含意。

「————」

士道內心湧起一股衝動，朝那把劍的劍柄伸出手。

「！士道，小心點。」

「……好。」

士道點頭回應琴里的提醒，毅然決然——握緊劍柄。

接著，那把劍彷彿等候多時般產生脈動，逐漸改變形狀。

——變化成一把散發出詭譎光芒的漆黑之劍。

士道看見那把劍的模樣，不禁倒抽一口氣。

不過，這也是理所當然的事。因為那是——

「〈暴虐公(Nahemah)〉……！」

另一名十香——天香所擁有的劍。

與〈鏖殺公〉成對的「魔王」——〈暴虐公〉。

「……！」

而手持那把劍的瞬間，士道有種奇妙的感覺。

一種彷彿從〈暴虐公〉慢慢滲透進來的怪異感，像是「某種東西」在腦海中對自己說話的感覺。宛如劍本身擁有意志，對士道訴說什麼的感覺——

「……用這把〈暴虐公〉的話……有辦法……追蹤她的下落……？」

士道半無意識地從口中吐出這種話語。

「——士道？」

「你方才所言何物？」

精靈們雙眼圓睜地詢問。

士道更加用力握住〈暴虐公〉的劍柄，接著說：

「——〈鏖殺公〉本來就是能夠劈開無形之物的劍……包括所有條理、概念，以及隔開世界的障壁。與它成對的〈暴虐公〉亦然……

不過，心地善良的十香無意識地壓抑那種過於危險的力量……順帶一提，只是你還不純熟，無法運用自如罷了，人類……呃，幹嘛讓我說這些話啦！」

士道不由自主地發出變調的聲音，對腦海中響起的聲音吐槽。

但是看在旁人眼裡，只覺得士道的舉止很怪異。精靈們肩膀一顫，對他投以擔憂的目光。

「士、士道？」

「……你沒事吧？」

「我、我沒事……」

士道輕輕甩了甩頭重新打起精神後，再次使勁──

拔出插在地面的〈暴虐公〉。

「──」

──一股強烈的壓迫感瞬間侵襲全身。魔王，本來是不可能握在人類手中的神怪之物。仔細回想，士道雖然揮舞過無數次借用的天使，這還是他第一次手持魔王。

否定生命、實際感受到死亡，傾向負面的力量波動就快要壓垮士道。

如果沒有腦海中響起的神祕聲音的幫助──恐怕士道也早已屈服於那股沉重的壓力。

「……很好。這樣的話……應該可以。只有我……一個人的話──」

士道一邊讓手習慣劍的力量一邊斷斷續續地呢喃。

大概是聽見了這句話，只見精靈們一臉吃驚地屏住氣息。

「等一下，士道，你究竟打算做什麼？」

「該不會，是打算追尋〈野獸〉吧？」

士道聽見精靈們哀號般的聲音，沉默片刻後——

「……沒錯。」

簡短地如此回答。

琴里聞言，皺起眉頭。

「……不行，我不允許。又不知道她的行蹤……就算找到她，誰能保證你能平安歸來？」

「「…………！」」

琴里說完，其他精靈也表情僵硬，看起來內心五味雜陳。

用不著問也知道。大家並非不想幫助〈野獸〉，也不認為只要〈野獸〉不危害人界，置之不理也無所謂，反而覺得如果可以，想對她伸出援手。

只是，結果或許會永遠失去士道。這個可能性在她們心中落下黑暗的陰影。

「……大家。」

士道不會妄自菲薄。他十分清楚如同自己重視大家，大家也非常重視自己。

所以士道並不想有勇無謀地鋌而走險，這無非是踐踏了大家的心意——這也是士道在認識大家後學到的事情。

不過——

「……！」

「咦——」

就在這時。

士道以及精靈們同時瞪大雙眼，肩膀抖了一下。

理由很單純。因為在充滿緊張感的瓦礫平原上——

【——————————】

突然不知從何處傳來美妙的歌聲。

「美九——？」

好耳熟的聲音。不，在那之前，現在能唱出如此優美歌曲的，只有一人。士道呼喚歌聲主人的名字，回頭望向她。

於是，絕世歌姬像要擁抱士道和大家的不安，溫柔地莞爾一笑。

◇

「——呀啊啊啊啊啊啊啊啊啊啊！救救人家，達令～～～～～～！」

距離〈野獸〉襲擊數個月前。

樹葉轉紅，隨風飄落的時節。

士道在自家庭院清掃落葉時，道路的方向突然傳來這樣的聲音。

「什、什麼聲音……？」

憑著銀鈴般的悅耳嗓音與「達令」這聲充滿特色的稱呼，士道立刻便得知聲音主人的真實身分——誘宵美九，眾所周知的國民偶像，也是曾經身為精靈的其中一名少女。

不過，即使辨別出聲音的主人是誰，士道依然完全搞不清楚狀況。他連忙回頭確認外頭的情況，便看見戴著帽子與墨鏡隨意喬裝的美九豪爽地晃著她豐滿的雙峰，奔向自己的畫面。

「美九，妳怎麼了！究竟發生什麼事了？」

士道打開門迎接美九，如此吶喊。於是美九指向後方，哀號道：

「那個人……那個人對我窮追不捨～～～～！」

「那個人？」

士道疑惑地皺起眉頭，望向美九的後方。結果發現一名套裝打扮的女性穿著一看就覺得不適合運動的窄裙和包鞋，凶神惡煞地追著美九。

士道見狀，緊張得全身僵硬。竟然在光天化日之下追著美九，對方究竟是何方神聖——是瘋狂的粉絲或跟蹤狂嗎？DEM的餘孽？還是想拍八卦的狗仔？各種可能性掠過士道的腦海。

「算了，之後再說，總之——」

士道一把拉過抵達五河家的美九的手，擋在套裝女性面前，將美九護在身後，然後態度堅決地與跑過來的女子對峙。

「妳找她究竟有何貴幹？我看情況再選擇怎麼處置……」

不過，士道威風凜凜的表情立刻軟化了。

理由很單純。因為這名跑得上氣不接下氣、滿頭大汗的女性容貌很眼熟。

「咦？我記得妳是……」

「……呼、呼……我是暮林……昴……美九的……經紀人……」

女人——昴，氣喘吁吁地報上名來。

「……美九？」

士道瞇起眼睛望向美九，她便發出「……呀哈☆」一聲，可愛地眨了眼。

「——進軍海外？」

幾分鐘後，邀請兩人進五河家客廳做客的士道雙眼圓睜，如此回答。

「是的……其實前幾天有一家美國的音樂公司提出邀請……」

坐在對面沙發上的昴用手帕擦拭額頭上冒出的汗水說道。

順帶一提，通常有客人來時，東家士道會坐在靠近自己的沙發，讓兩位客人坐到對面的沙發。現在美九卻理所當然似的坐到士道身旁，還不知不覺挽著他的手，依靠在他肩上。

以一個當紅偶像來說，這個畫面十分曖昧，但昴已經熟知箇中原委（應該說早已放棄），如今已不再大驚小怪。她毫不在意地接著說：

「據說是那邊的製作人在影片網站上聽到美九的歌，對她一見鐘情，不對，是一聽鐘情的樣子。對方說會全力支持，希望將美九的歌聲推廣到全世界……」

「這樣啊……」

士道表示認同地點點頭。

突然提起這個話題，說完全不驚訝是騙人的。但士道認為這提議倒也並非完全不值得考慮。

美九確實曾經身為精靈，她的嗓音和聲音蘊含著靈力。她的歌聲是魔性之蜜，甚至只要開口說一句話，就能自由自在操縱所有人。

但若說美九身為歌姬的人氣是靠她的精靈之力所建構的虛假之物——答案則是否定的。她擁有與生俱來的優美音質，與透過腳踏實地的努力培養出的歌唱和表演能力。她那緊抓住人的目光與耳朵的強烈存在感，無庸置疑是她自身的能力，而非初始精靈賜予她的。因此士道也不是不能理解那位說他對美九的歌聲一聽鐘情的製作人的心情。

「不過，這件事為何會演變成剛才的追逐戰？聽起來不是好事一樁嗎……」

「這個嘛……」

昴面露難色，瞄了美九一眼。

於是美九明顯擺了一張臭臉，撇過頭去。

「不管妳說多少次，人家都會拒絕～～！人家才不去美國～～！」

「……事情就是這樣。」

「原、原來如此……」

士道臉頰流下汗水，點頭表示理解，然後面向挽著自己手臂的美九問道：

「呃，我可以問一下嗎？為什麼妳堅決不去？妳應該……不討厭美國吧？」

「可以拓展市場，到海外大放異彩，人家自然是很開心啦，也很感謝對方的賞識，如果能讓更多人聽見人家的歌，人家當然非常歡迎。可是——」

士道詢問後，美九便用力拍了一下桌面，高聲回答：

「要是進軍美國！跟達令還有大家一起度過的時間不就會減少了嗎～～！」

「啊～～……嗯。果然不出所料，謝謝妳的回答。」

士道苦笑著說道，美九便露出天真無邪的笑容回答：「不客氣～～！」看來並非諷刺，而是在純粹回應士道對她的感謝。

昂一臉為難地搔了搔頭，開口：

「我說美九，妳能不能重新考慮看看，這是個千載難逢的好機會耶。」

「不～～要～～！人家不是拒絕好幾次了嗎～～！」

「不過美九，那個製作人可是年紀輕輕才三十幾歲就席捲美國音樂界，十分有才幹——」

「哼～～！就算妳這麼說，人家也不會改變心意～～！」

「——而且是個身材高挑性感，女強人型的金髮美女喲！」

「唔唔……！」

聽見昂說的話，美九肩膀抖了一下。不過，她還是咬緊牙根，捏著自己的手背搖頭拒絕：

「人、人家才不吃妳……這一套～～……！」

那副模樣令人想起以強韌的意志力對抗破壞衝動的琴里，但是拿琴里來比喻，她未免也太可憐了，因此士道並未說出口。他真是個為妹妹著想的好哥哥。

「唔……！束手無策了嗎……」

昂表現出一副垂頭喪氣的模樣……把剛才的情報當作大絕招，大概可以想像經紀公司是怎麼對待美九的。

「……我說士道，你能不能替我勸勸她？這真的是會左右美九將來的選擇喔。當然，我也不是不了解美九的心情，可是我不希望美九在五年後、十年後才悔不當初。」

「咦，我、我嗎？」

話題突然轉到自己身上，令士道不禁瞪大雙眼。

「呃……」

昂求助的視線與美九有些不安的視線從兩個方向刺向自己。儘管士道覺得有些不自在地扭了一下身軀，還是動腦思考。

士道十分明白昂的心情。她是美九的經紀人，一路走來比任何人都更近距離目睹美九的活躍，是美九最忠實的粉絲，想必不想錯過這個讓美九的歌聲傳遍全世界的機會——一定相信她有成為國際歌姬的素質。實際上，士道也有著跟昂類似的想法。

不過，他也十分理解美九的心情。她過去的人生歷經波折，也難怪會想珍惜現在安穩的生活……另外，總覺得要是美九超過一個星期沒有抱七罪（不是她也無妨，但不知為何腦海裡冒出七罪的身影），她應該會萎靡不振吧。

「…………」

士道輕聲低吟後抬起頭。

「我——」

「——我希望美九隨她的心意去做就好。」

經過深思熟慮後，士道如此說道。

美九聞言，興奮地尖叫。相反地，坐在對面的昴則是發出「唔唔……！」的聲音，宛如膝蓋中箭似的頹倒在地。

「不愧是達令！人家最愛你了～～！」

美九將士道的手臂挽得更緊，坐在沙發上蹦蹦跳跳。美九的舉動令士道「啊哈哈」地苦笑，接著說：

「我當然也希望美九站上國際舞臺發光發熱……但我更希望美九幸福快樂。如果美九想要珍惜現在的生活……我想尊重她的想法。」

「達令……！」

士道溫柔的話語令美九熱淚盈眶，直接一把抱住士道。士道害羞得臉頰泛紅，輕敲美九的肩膀。

美九享受了一會兒擁抱士道的觸感、體溫與後頸的味道後，「噗哈！」地吐了一口氣，轉身面向昴。

「事情就是這樣，昴！妳就乾脆地死心吧～～！」

「我、我最後的希望……」

美九說完，昴無力地搖搖晃晃站起來，腳步沉重地走向走廊。

不過，就在要離開客廳時，她露出銳利的視線，猛力指向美九。

「給我記住，美九……就算打敗我，想必還會有第二、第三個刺客來勸說妳吧……！」

「哼哼～～！人家才不怕呢～～！」

「……啊，你好。辛苦了，我是暮林。還是失敗了。是，麻煩拜託那邊的製作公司派幾個可愛的女生過來。一定要是能讓美九撒嬌的大姊姊類型，跟傲嬌的小妹妹類型的女生。另外，最好會說一點點日文單字，我想她對這種女生比較沒轍。」

「咦！人家有一種預感，下次來的敵人比想像中還強～～！」

美九雙手按住臉頰發出哀號後，昴便留下陰森的笑容離去。

幾秒後傳來「磅」一聲玄關門關上的聲音。確認昴離開後，美九才鬆了一口氣。

「達令，謝謝你。她太纏人了，真是傷透人家的腦筋～～」

「哈哈……不過，這也沒辦法吧。畢竟是求之不得的好機會，以暮林小姐的立場來說，她也只能這麼做吧。」

「你說的是沒錯啦……」

美九不滿地嘟起嘴脣，突然表情一亮。

「不過，人家很開心達令那樣說。果然達令也想跟人家在一起吧！」

「嗯……是啊。」

美九說完，士道便露出有些困擾的表情——但立刻換上笑容，點頭認同。

「我認為並非成名才是人生的唯一選擇，只要美九能過滿足的生活，這才是最重要的。」

「就是說呀～～！不愧是達令，真了解人家～～！」

美九也回以笑容後，士道便接著說：「可是——」

「如果美九想挑戰，我也會全力為妳加油。我希望妳不要忘記……不管妳做出什麼樣的選擇，我都會支持妳。」

「……！達令——」

美九再次感動得落淚哽咽，又緊抱住士道一次。

士道一瞬間露出複雜的表情令美九有些在意——不過面對全身充滿士道溫暖的觸感，沒多久美九便漸漸把這件事拋諸腦後。

◇

——結果，美九在超過四個月後才明白士道當時的心情。

沒錯。當士道提出要追尋〈野獸〉，前往另一個世界時。

在精靈之間充滿慌亂與焦躁時，只有美九獨自沉浸在一種似曾相識的奇妙感受中。

「奇怪，這不是……」

她發出誰也聽不見的細小聲音呢喃後——才發現。

現在自己的立場與當時的士道很相似。

當然狀況與規模是截然不同。因為相較於選擇安定勝過挑戰的美九，士道正試圖踏出新的一步。

不過，在重要的人面臨轉機時，默默守望對方的選擇這一點倒是莫名契合。

而有些事情必須站在第三者的角度才能有所體會。

士道想追尋〈野獸〉，想設法拯救消失到另一個世界的她。這一點無庸置疑。

但沒人能保證穿越空間的障壁後能否再次返回人界。士道絕對受不了這種事——不，說得更正確一點，是會令美九這些精靈傷心的事。

「——」

美九自覺到這一點的同時，冒出某個想法。

——自己不希望成為士道的重擔。

當然，美九並不想與士道分離。若是永遠無法再見到士道，她不知道自己究竟該如何是好。

但是這種想法成為士道的枷鎖，令他無法選擇期望的道路，也令美九痛苦得難以忍受。

這是無可避免的矛盾。

美九和精靈們之所以不想失去士道——

正是因為他是會在這種時候選擇去幫助〈野獸〉的人。

「啊啊——」

美九因莫名的感慨而瞇起眼，然後放眼望向一臉不安的精靈們。

這終究是美九的想法。

然而美九相信大家肯定也抱持著同樣的想法，只是差在是否有自覺罷了。

因為現場的精靈全都和美九一樣，是經歷過與士道相遇、被士道拯救、與士道一起生活——

然後喜歡上士道的同伴。

既然如此，現在美九該做的事是什麼？美九非做不可的事情是什麼？

美九經過一番考慮後，操作頭戴式耳機與瑪莉亞單獨通訊：

「……瑪莉亞，人家有事想拜託妳，可以嗎？」

『——美九？什麼事？』

「嗯。其實是——」

美九傳達要求後，瑪莉亞便回應：『這樣啊。』

『原來如此。現在的〈佛拉克西納斯〉應該能辦到這點小事。我馬上安排。』

「真的嗎？那麻煩妳了。」

『美九。』

「是？」

『還好有妳在。』

「呵呵呵，愛上人家了嗎？人家隨時歡迎喲～～」

『也包含妳的這種個性。

——準備完畢。隨時可以進行。』

「哎呀～～真不愧是瑪莉亞，動作真快耶。」

美九一派輕鬆地笑道後，吸了一口氣。

然後——

「〈破軍歌姬〉——【幻想曲(Fantasia)】。」

將現在自己擁有的靈力全數灌注到自己的聲音——

開始歌唱。

【————————————————————————————————】

那首歌曲——

十分優美、磅礡——以及溫柔。

甚至瞬間吸引因〈野獸〉的事情產生紛爭的士道與琴里等人的目光與耳朵。

話雖如此，那並非只是單純優美的旋律，而是蘊含濃密的靈力，令人覺得只要動動手，或許能夠感受到什麼觸感。

「什麼——」

透過耳朵兩邊的鼓膜——以及全身體表感受到歌曲的旋律後，士道覺得原本殘留在身體的疼痛漸漸緩和。

不，不僅如此。原本耗盡力氣的手腳充滿力量，感覺器官逐漸變得敏銳，就像是全身沐浴著【進行曲(March)】、【鎮魂歌(Requiem)】，以及其他〈破軍歌姬〉的歌曲。

其他精靈大概也有同樣的感受，只見她們像是對疼痛突然消失感到吃驚似的眨了眨眼。

【————，————】

不久，歌曲結束，美九以誇張的動作畢恭畢敬地行了一個禮。

瞬間，士道與精靈們不禁屏住呼吸。

因為士道等人戴的耳麥和耳機響起如雷的掌聲和震耳欲聾的歡呼聲。

「咦……？」

「這、這是……」

當士道等人感到吃驚時，美九微微一笑說道：

「嚇到了嗎？人家拜託瑪莉亞與附近的避難所連線。大家想必很不安，或許還有人受了傷——難得誘宵美九特地開演唱會，不讓多一點人聽到不就太吃虧了嗎？」

『——另外，播放的只有歌曲而已，可以盡情對話沒問題。』

瑪莉亞補充說道。做事多麼面面俱到啊，滴水不漏得令士道不禁露出苦笑。

接著，美九轉身面向士道，莞爾一笑說：

「怎麼樣呀，達令？人家使出渾身解數唱的歌。」

「嗯……雖然有點吃驚，但非常——」

「——有儲存夠足以虜獲〈野獸〉的芳心，並且確實返回人界的能量了嗎？」

於是——

士道聽了美九打斷自己且接下去說的話，不禁瞪大雙眼。

「美九……」

「呵呵，人家好歹是姊姊，這種時候就讓人家耍一下酷吧。」

美九這麼說完，望向琴里以及其他精靈。

「各位，事情就是這樣。我會援助達令。有意見就找人家，人家會仔～～細聽妳們說～～」

語畢，美九抿嘴一笑，蠕動十指。精靈們發出驚叫並往後退。

不久後，精靈們像是死心一樣嘆了口氣。

「哎，反正結果就是這樣～～也沒辦法，畢竟是少年嘛。」

「唔嗯……倘若郎君是會在此時選擇安穩度過的個性，我們就不會聚集在此處了吧。」

「微笑。夕弦打從一開始就不反對。順帶一提，耶俱矢眼眶泛淚了。」

「喂，別亂說啦！」

然後勾起嘴角如此說道。

話雖如此，她們並非害怕美九「對話」，更不是被美九的「聲音」操縱。

理由只有一個。

那就是她們感受到了美九蘊含在歌曲的意念。

然後明白自己心中也存在同樣的想法。

歌曲原本就是用來表達內心思緒——若是受到天使加持的歌曲更是如此。

美九的歌不僅給了大家力量，還傳達了歌手的覺悟與決心。

「——士道，路上小心。你一定辦得到。」

「加油，士道。」

「我會先準備好慶祝派對的～～」

「……反正船到橋頭自然直吧，畢竟是士道你嘛。」

「雖然等待不太符合我的個性……呵呵，今天我就特別祝你好運吧。」

士道依序接受精靈們的鼓勵後面向琴里。

「琴里……」

「…………哼。要是你不回來，我打算把〈拉塔托斯克〉收集的你那些不堪回首的過去全都公開給大家看。」

「那、那我得……用盡千方百計趕回來才行呢。」

士道聽了琴里駭人至極的計畫，露出苦笑後，琴里便一把抓住他的前襟，將他拉向自己。

然後將額頭抵在士道的胸口，輕聲低喃：

「……你一定要回來喔……哥哥。」

「……嗯，我一定會的。」

士道簡短回答後，溫柔地撫摸琴里的頭。

就這樣持續了幾秒，最後望向美九。
「謝謝妳，美九。我絕對不會白費妳賜予我的這股力量與——覺悟。」
「呵呵呵，那是當然。畢竟是國民偶像誘宵美九使出渾身解數高歌的一曲呀。快點虜獲〈野獸〉的芳心回來吧。」
美九如此說道，露出淘氣的笑容接著說：
「要是你太晚回來——人家可能會成為世界歌姬喲。」
「！妳的意思是……」
士道察覺這句話的含意後，一雙眼睛瞪得老大。於是，美九將嘴唇彎成新月的形狀回答：
「——畢竟人家是偶像呀，是閃耀亮眼的化身。為了在大家心中閃閃發光——以及讓現在的大家崇拜，至少得站上國際舞臺才行吧。」
「……哈哈，說得不錯。」
士道聳聳肩笑道，更用力握住〈暴虐公〉，轉過身。
「——我去去就回。」
「好，我們等你回來。」
背後傳來美九以及其他精靈的聲音。
手上的〈暴虐公〉也順便傳來催促自己「快點出發」的振動。

士道吐了一口長氣——

「——喝啊！」

發出一聲如裂帛般清厲的吶喊，並且揮下〈暴虐公〉。

瞬間，一股強烈的壓力襲向雙手，隨後〈暴虐公〉漆黑的劍身劈開空間——虛空中產生一道新月狀的「傷痕」。

與〈野獸〉剛才產生的「傷痕」一模一樣，是世界的裂縫，不知通往何處的未知之門。

不曉得前方有什麼東西在等候；也不知道會有怎麼樣的世界擴展在眼前。

唯一能確定的是〈野獸〉——揮舞超越人類智慧的力量、眼神悲傷的孤獨少女就在前方。

「……這樣就夠了。」

士道輕聲低喃後，雙腳使勁——

跳進未知的世界。

◇

「……唔、唔——」

——怪異的感覺稍縱即逝。

但那股衝擊強烈晃動士道的腦袋。

感覺與被〈刻刻帝〉【十二之彈(Yud Bet)】送回過去時十分相似，天旋地轉得難以站立。若是這個身體沒有〈破軍歌姬〉的保護，或是手上沒有〈暴虐公〉，自己肯定會當場倒地。

話雖如此，畢竟是強硬地踏入自己本來不該存在的場所，結果只有這種程度的暈眩，算是夠幸運了。

「呼……！呼……！這裡是……」

士道扶額深呼吸後，環顧四周。

「……！」

目睹擴展在自己周圍的光景，一時之間啞然無言。

——一望無際的瓦礫平原。

這風景與剛才自己所在的人界酷似，甚至令人一時以為移動失敗。

然而，並非如此。士道當場蹲下，凝視構成地面的建築物殘骸。

破碎得體無完膚的建材上面長滿青苔，覆蓋一層灰塵，至少不是昨天或今天遭到破壞的，而是遭受強大的力量蹂躪後，沒有經過整修重建，放置數個月或數年的狀態。

而問題在於它的範圍。士道凝神再次注視遠方。

「…………」

然而沒用，仍舊一無所獲。

看不見任何完整的建築物、汽車或是森林、山脈。

沒錯。進入士道視野的風景全被夷為平地。

宛如體現了世界末日的光景。除了少許植物，毫無生命氣息的死亡世界。自己的想像過於不祥，令士道不禁打了幾個寒顫。

不過——

士道立刻停止思考。

理由非常單純。

因為他在瓦礫中——發現一名少女的身影。

靈裝破破爛爛、肌膚傷痕累累，目前像在讓身體好好休息般蹲在地上，肩膀微微上下起伏。

她的背影虛弱得實在不像剛才蹂躪過一座城市的精靈——甚至看起來像是個抽泣的孩子。

「啊——」

士道不由得發出聲音。

「……！」

然後，大概是察覺到士道的聲音，只見少女肩膀微微抖了一下。

接著她猛然抬起頭，回頭望向士道，驚愕得瞪大雙眼。

「你……為何……會在這裡……？」

說完，少女搖搖晃晃地站起身，慢慢向後退。

宛如害怕士道似的。

「…………」

士道見狀，吐了一口長氣。

他不知道發生了什麼事，目前也還搞不清楚這裡是哪裡。不過，眼前的光景足以讓他確信自己的直覺是正確的。

「我不是說過了嗎？我是來——」

士道直勾勾地凝視少女的雙眼，停頓了一下。

沒錯，士道原本想用客氣一點的人稱稱呼她，又覺得有些見外。

「——拯救妳的。」

「…………！」

聽見士道說的話，少女屏住呼吸。

「你該不會……是跟著我過來的吧……不行……我已經決定不再見你了。不行，我——」

少女並未把話說到最後。

不過，這也是理所當然的事。

——因為士道的脣瓣堵住了少女的雙脣。

「——」

「…………！」

——那是他一直以來使用過無數次的方法。

藉由與精靈接吻來封印靈力，這世上只有士道一人能使用的禁忌儀式。

不過，現在的士道完全沒有這個意圖。況且在澪消失後，士道甚至不確定自己是否還擁有封印靈力的能力。

然而，士道現在根本一點都不關心這種事。

因為早在很久以前，他便下定決心。

如果能見到她，到時候——

自己要緊緊擁抱、親吻她。

啊啊，沒錯。

當她的「爪子」變化成巨劍後。

當自己手握〈暴虐公〉，聽見那個聲音後。

不──也許是從與她相遇的那時起──

士道便已知道她的名字。

「啊……」

過了一會兒。

〈野獸〉親吻過後發出聲音。

然後──

「──士道……」

〈野獸〉──夜刀神十香如此呢喃。

## 第十章 夜刀神十香

道士

◇

「……走掉了呢。」

琴里望著虛空——不久前產生新月形傷痕的空間，如此低喃。

難以名狀的寂寞感充滿肺腑。感覺士道消失後的世界靜謐無聲。

當然琴里也曉得這是心情的問題。在黎明時分，一個居民都不剩的瓦礫平原上。而今〈野獸〉消失，這裡原本就是被寂靜支配的空間。

「…………」

琴里按住胸口，她相信士道一定能完成任務，凱旋歸來，所以最後才送走他。

即使如此——強烈的不安還是緊緊束縛住琴里的心臟。

「——琴里。」

「琴里……」

大概是感受到了琴里的不安，精靈們紛紛開口呼喚她。

她們的表情也透露出與琴里相同的情緒。琴里見狀，輕輕搖了搖頭。

對方的確是身分不明的精靈，而士道踏入的則是不知是什麼地方的另一個世界。也許自己從此再也見不到士道了。一想到這些事，眼淚就快要奪眶而出。
但是琴里身為司令，怎麼能讓大家感到不安。琴里拍了拍臉頰打起精神，再次望向大家。
「士道肯定沒問題的……我們就做能力所及的事吧。要是士道回來後發現我們完全沒有收拾殘局，肯定會笑話我們的。」
琴里說完，所有精靈都點了點頭。
「說的也是……」
「……唔嗯，妹妹所言甚是。」
接著，折紙見狀將手抵在下巴說：
「假如把這個破壞痕跡歸因於發生空間震，我們首先要應對的是救助時看見我們的長相與〈世界樹之葉〉的居民。」
「啊～～……說到這裡，七罪妳們的長相被看得一清二楚了吧～～」
「擔憂。就算能用〈拉塔托斯克〉的力量壓住新聞報導，也沒辦法掌握每個居民個人的社群網站——」
『請放心，從剛才起我已經在處理了。』
宛如回應所有人的憂慮，耳機傳來瑪莉亞的聲音。
『如今該地區的網路全都在我的管理之下。我已經刪除所有在避難所用手機上傳的目擊情報，附加的照片和影片也從伺服器和雲端刪除了。我正在網路上流傳假情報，實施欺敵作戰。只要經過幾天，熱度就會冷卻下來，變成其中一則都市傳說吧。』

「……哈哈，真厲害。」

七罪臉頰流下汗水並且乾笑。她的表情透露出「千萬不可與之為敵……」的想法。

手段還是一如往常地高超啊──琴里吐了口氣表示讚嘆。

「不愧是瑪莉亞──那接下來就是要治療大家的傷勢跟檢查身體了。可以的話，我也想趁各位保有靈力時分析靈裝和天使的資料……不過，大家不用勉強。啊，還必須盡快維修〈佛拉克西納斯〉。」

當琴里屈指一一細數該做的工作，二亞便「嘿嘿嘿！」地發出輕鬆的笑聲。

「好了好了，別著急，一步一步慢慢來吧，妹妹。我想少年他現在應該也已經實現感人的重逢了。不對，正確來說，事實未必如此就是了。」

「是啊……呃，嗯？」

琴里點頭點到一半，疑惑地皺起眉頭。

感覺二亞說話的口吻莫名令人介懷。

接著，琴里突然想到二亞擁有的天使能力。

因為與〈野獸〉一戰而分散了注意力，一時沒有想到……擁有書之天使〈囁告篇帙〉的她如今只要有心，就能獲得這世上的所有情報吧。

「……二亞，妳是不是知道些什麼？」

琴里瞇起眼睛說道。於是二亞沉默了片刻後——

「………………………嘿嘿☆」

俏皮地吐出舌頭。

「笑什麼笑啊！既然妳已經用〈囁告篇帙〉調查過了，為什麼不早說啊！」

「就、就是說呀！如果告訴士道，他或許就能做更充分的準備了耶！」

琴里等人步步逼近，二亞便臉頰滴下汗水，將身體向後仰。

「好、好了好了，妳們冷靜一點……如果有危險的情報，我早就如實報告了。況且——」

二亞突然將脣瓣彎成新月的形狀，別有深意似的低垂雙眼。

「我是認為如果沒有事前情報就不敢踏出腳步，那乾脆不要去算了——不過，憑少年的個性，根本不可能有這種疑慮。」

聽完二亞說的話，精靈們「唔……」地發出低吟。老實說，感覺被二亞打太極糊弄過去，但她搬出對士道的信賴當作盾牌，實在難以繼續追究。

不過——

『——反正，不能在那時爆雷就是了。』

線，肩膀赫然抖了一下。

「沒錯沒錯～身為一介創作者，在那個階段爆雷可就沒什麼意思了……啊！」

二亞「嗯、嗯」地點頭回應耳機響起的瑪莉亞的聲音——然後大概是發現大家翻白眼的視線，肩膀赫然抖了一下。

「真、真卑鄙！剛才那是誘導式訊問～！」

「二～～亞～～～～——？」

「呀～～！救命啊～～～～！」

二亞發出窩囊的慘叫聲，躲在狂三背後。

其他人輕易便知道二亞選擇那裡當避難處的理由。因為在一群火冒三丈的精靈中，只有狂三一人嘻嘻笑得十分開懷。

「有什麼關係嘛，二亞說的也未必不對呀。沒有做好心理準備踏入黑暗的人，勢必無法掌握任何東西——用不著擔心，士道一定能平安歸來。」

「……感覺妳好像也察覺到什麼事情的樣子呢。」

經琴里指摘，狂三瞇起笑眼回答：

「不不，我不像二亞那樣掌握了具體的情報，只是推測。不，或許說是預感比較貼切吧。」

「真是不得要領呢。到底是怎麼回事？」

琴里說完，狂三便莞爾一笑，彈了一個響指。

「——〈刻刻帝〉。」

然後高喊此名的同時，盤踞在狂三腳邊的影子中出現了一個巨大的時鐘。

「哇啊～～！」

時鐘出現的位置正好在狂三背後，害躲在那裡的二亞摔個倒栽蔥，吃足了苦頭。原本性感的靈裝下襬往上一掀，大膽地露出臀部。

……但不知為何，感受不到任何誘惑力。「哇喔，這樣也不錯呢……」只有美九散發出一副行家的氣息，撫摸著下巴。

「…………」

雖然這一連串的事情令人在意……但現在有更應該看的東西。琴里微微皺眉，望向〈刻刻帝〉的錶盤。

Ⅳ、Ⅵ、Ⅶ、Ⅷ、Ⅺ、Ⅻ——

十二個數字中有半數失去顏色。

「這是……」

琴里疑惑地如此說道，狂三便輕輕笑了笑，仰望天空。

「——代表不管在什麼世界，都有個性彆扭的人存在。」

◇

在絕命的死亡大地上。

士道抓著少女的肩膀，靜靜地佇立。

他再次凝視少女的容貌。失去顏色的頭髮、憔悴的臉頰，與記憶中的「她」截然不同。

不過，她那恢復光芒的雙眸。

那雙怯生生地注視著士道的眼睛，確實是「她」的。

「……十香——」

「…………！」

士道呼喚其名後，十香便微微顫抖著肩膀，彷彿被士道呼喚此名是罪大惡極的事。

沒錯。十香，夜刀神十香。

除了澪與琴里這兩個例外，是士道第一次邂逅的精靈——

也是一年前在士道等人眼前消滅的精靈。

這一年來，士道沒有一天不想她，腦海裡充滿她的身影。

每日再三後悔著當初是否能多為她做些什麼。如果能再見到她，不管做出怎樣的犧牲都心甘情願。

如今他朝思暮想的十香就在眼前。

這個事實令士道的眼淚就快要奪眶而出。

「…………」

——可是，他不能哭。士道咬緊嘴脣，壓抑洶湧的情緒。

沒錯。從手持〈暴虐公〉時滲透到體內的情報——

以及與十香接吻時，流入內心的朦朧記憶——

士道察覺到一件事。

——那就是現在位於眼前的她，「既是十香，也非十香」。

「……你是士道……對吧。」

十香斷斷續續地低喃。

「可是……不是我認識的……士道。」

接著說出和士道同樣的感想。

「……嗯，好像是呢。」

士道好不容易壓抑住想大叫出聲的衝動，如此回答。

「這裡……似乎和我所知道的世界有些不同。」

他抬起頭眺望荒廢的風景呢喃。

穿過〈暴虐公〉劃出的傷痕所抵達的另一個世界。

這裡是與士道等人的世界有些錯位的領域；有幾個選項產生矛盾的未來。

——該稱之為「平行世界」的地方。

當然，這種事實在太過荒唐無稽。從〈暴虐公〉帶來的情報如此類推的士道，說不吃驚是騙人的。

不過士道對此深信不疑——嚴格來說，這並非士道第一次體驗平行世界。

沒錯。他曾利用狂三的天使〈刻刻帝〉中的【十二之彈】回到過去，改寫折紙親手殺死自己雙親的淒慘世界。

也曾利用【六之彈(vav)】改寫精靈們被澪蹂躪的未來。

若是換個說法，也可理解為移動到選擇不同選項的世界吧。

這裡是擁有那種可能性的其中一個世界。

無非是十香沒有消滅，反而變成那副模樣的世界。

「我……」

十香將視線移向下方，一副不知道該說些什麼的樣子。

「……抱歉，給你添麻煩了。我明白這不是道歉就能解決的問題……

「總覺得……作了一個很長的夢。」

「……嗯。」

士道簡短地如此回答。口頭原諒很簡單，但士道相信這樣反而會讓十香內心受盡煎熬。因為他認為十香道歉的對象肯定不只自己一人。

「……我說十香，可以告訴我嗎？這個世界發生了什麼事？為何妳會……變成這副模樣？」

「…………」

士道詢問後，十香猶豫了一會兒才支支吾吾地組織詞彙，開始述說：

「詳細情況……我不記得了。感覺腦袋覆蓋了一層薄霧。不過……啊啊，對了，不知道是多久以前的事了——」

然後，十香緊緊握住士道的衣襬，接著說：

「——士道……死掉了。」

「——」

聽見這句話——

士道感覺自己差點停止呼吸。

「我嗎……？」

這個世界的未來走向的確有別於士道原本所處的世界，不排除會有這樣的可能性。

令士道感到驚愕的與其說是自己在平行世界死亡——不如說是因為自己死亡導致十香和世界變化如此大的事實。

「……嗯……我非常傷心、難過，無法自拔……等我回過神時，已經變成——這副模樣。」

之後十香也繼續訴說。

訴說她內心充滿無比的絕望，以及感覺自己逐漸被黑暗吞噬。

——的確也有種被拉進深淵般反轉的感覺。不過，十香絕望的心情甚至淹沒了這種感受，擴大了規模。

全身武裝起絕望的十香最終化為與昔日截然不同的生物。

化為只會隨著狂暴的感情張牙舞爪，劈開世界的——野獸。

而她的凶刃甚至揮向了她的精靈同伴們。

殺死萬物。

抹消萬物。

消滅萬物。

然而內心並未因此滿足——

「……這便是這個世界的來龍去脈——『我所毀滅的這個世界』。」

十香靜靜地如此低喃。

以不流暢卻簡潔的話語敘述的毀滅紀錄。

她的表情點綴著無比的悲愴與自責，以及幾分自嘲。士道見狀，揪起的心臟疼痛不已。

「…………這樣啊。」

士道感到有些後悔地吐出這句話。為了了解這個世界，他必須清楚事情的來龍去脈。只是讓十香親口說明，或許太過殘酷了。

大概是察覺到士道的心情，十香微微搖了搖頭。

「……別露出那種表情，這是必要的程序。」

「我知道……可是……」

士道說著，十香突然勾起嘴角，彷彿懷念從前似的。

「士道在哪個世界都是老樣子呢。」

「……哈哈。」

士道聞言，含糊地笑了笑。

就像十香在士道身上看見這個世界裡的士道的影子，士道眼中也把這個十香的臉龐與過去的十香重疊在一起。

「…………」

「唔？士道，你怎麼了？」

「啊，沒什麼……」

士道含糊其辭後，詢問另一件令他在意的事。

「……對了，為什麼妳會來到我們的世界呢？」

「唔……」

士道問完，十香便面有難色地將手擱在下巴回答：

「這個嘛……我也不知道。我將眼前所能看見的景色破壞殆盡後，依然止不住慟哭。我隱約還記得這件事……我想當時的我應該一直在尋覓早已消失的你的氣息吧……明明連我自己都已經遺忘那是什麼味道了。」

「也就是說……妳是因為感受到了我的氣息嘍……我的氣息就算相隔兩個世界，依然感受得到嗎……？」

「唔……」

十香皺起眉頭沉思，不久便像是想起什麼事情似的抬起頭。

「感覺……有人在叫我……？」

然後歪著頭呢喃般說道。士道也跟著將脖子偏向一方。

「有人在叫妳？……是誰？」
「……我不知道……我的記憶原本就模糊不清，更像是一種感覺。只是我覺得好像有聲音在呼喚……彷彿被一種無形的東西引導……」
「哦……」
士道一副有聽沒有懂的樣子低吟，十香便像是察覺到什麼似的眉毛抽動了一下。
「士道你是……怎麼來到這個世界的？」
「喔喔……多虧了〈暴虐公〉……全是這把劍指引我來的。」
士道一邊說一邊用力握緊手上的劍柄。
於是〈暴虐公〉像是在表達自己的任務已經完成——或是不好意思當兩人的電燈泡——慢慢消失了。
「……握住劍柄的瞬間，我感受到各種感情。一開始我完全摸不著頭緒……我想那一定是在訴說『希望你幫助十香』吧……不對，那傢伙的語氣應該是『不幫助十香的話，我就殺了你，人類』比較正確。」
「那傢伙……？」
士道苦笑著說道，十香便感到不可思議似的皺起眉頭。搞不好在這個世界，十香與天香並沒有直接面對面過。

「……是啊。她是個傲慢、自大、駭人——但是又最喜歡十香的溫柔之神。」

「嗯……」

十香露出對士道所說的話似懂非懂的表情，歪過頭後五味雜陳似的苦笑道：

「無論那是何方神聖，都必須感謝她呢。多虧她，我才能找回自我……或許有些太遲了。」

「十香……」

士道感覺胸口一陣揪痛，還是吐了一口長氣。

「我也……必須感謝她才行呢。多虧她，我才能再次見到十香。」

「……？再次……？」

十香聽了士道說的話，一臉疑惑地瞪大雙眼。

噢，對喔——士道低垂視線如此說道。這個十香當然不知道士道那個世界的十香的事。

「我也……必須告訴妳我那個世界的事情呢。」

士道這時才發現自己竟放著呈半裸狀態又受傷的十香不管。

「……我說十香，方便的話，我們換個地方吧？我想跟妳好好聊聊——」

話還沒說完，士道便改變了心意。

因為他認為他們兩人之間有更適合的詞彙來形容這種情況。

「噢……不對，應該要說——

「——十香，跟我……約會吧。」
「…………！」
十香聽了士道說的話，驚愕得抬起頭——
「……嗯。」
然後有些靦腆地這麼回答。

恐怕沒有多少人能一眼就看穿那個物體是高中校舍吧。
以燻黑的鋼筋與零星壁材構成的歪斜四角形。想必就連小朋友捏的黏土都還比較像樣呢。
不過，光是在這片死亡大地上還能保持形狀，就可說是超級異常了吧——是純屬偶然還是十香無意識地避免破壞就不得而知了。
「這該不會是……」
「嗯……是我們之前上的學校。」
士道呆愣地呢喃後，十香便仰望破破爛爛的校舍如此回答。
沒錯。十香說她無論如何都想帶士道去一個地方，他便跟了過去——沒想到抵達的目的地竟是這個來禪高中的遺址。

「……不知為何，我始終心想……如果能和士道再相見，我想和士道一起來這裡……」

「……！」

士道聽完十香說的話，瞪大了雙眼。

不過十香似乎沒有察覺士道的反應，從喉嚨發出低吟。

「唔……抱歉，我不太會解釋。不過……」

「——不，沒關係……我懂。」

士道凝視著十香的雙眼，如此說道。

因為如果能再見到十香，士道也想和她一起去許多地方、一起做許多事。

「唔，這樣啊……呵呵——」

十香有些開心地笑道，然後牽起士道的手。

「那我們走吧，士道。去頂樓。」

她這麼說完，拉著士道走進化為廢墟的校舍。

然而校舍已是斷壁殘垣，不僅走廊破爛不堪，樓梯也沒剩幾階。越往上走，建築物的狀態越是淒慘。最後好不容易沿著剩下的鋼筋，硬是爬上了頂樓。

「呼～～……到了……」

抵達頂樓的士道吐了一口氣，伸了伸懶腰後環顧四周的景色。

大概是因為視線比在地面時高，放眼望去能看見比剛才更寬廣的範圍。雖然不知道正確的時刻，但確實是黎明時分，天空宛如燃燒般染成鮮紅色，太陽從平緩的曲線露出半張臉。

「若說景色絕佳……是否不太妥當呢。不過……風景真美。」

「嗯……」

十香點頭回應士道的感想。迎面沐浴在朝陽下的她美得令人不禁屏息。

「──喔喔，對了，我忘了一件重要的事。」

就在這時，十香像是想起什麼似的捶了一下手心。

「重要的事？」

「嗯。」

十香如此說著垂下目光，做出像是在腦海中想像什麼畫面的動作後彈了一個響指。

於是，十香的身體配合這個聲音發出淡淡光芒──隨後，她身上原本穿的破爛靈裝便漸漸改變模樣。

變成顏色深沉的西裝外套，以及褶痕分明的百褶裙。白色襯衫的領口裝飾著紅色緞帶，胸口上設計的R字校徽閃閃發光。

「那是──」

士道不禁瞪大雙眼。因為那正是士道與十香目前所在的來禪高中的制服。

「因為很久沒穿了，記憶有些模糊——你覺得怎麼樣？」

說完，十香當場轉了一圈，裙子隨之飛揚。

由於她依舊維持失去顏色的頭髮與肌膚，感覺莫名地不搭調。不過，這種事在士道滿腔的感慨前不過是細枝末節的小事。

「……嗯，很適合妳喔。真好看。」

「呵呵。」

十香有些難為情地微笑後，直接屈膝坐在頂樓邊緣。

「——來，說說你的世界吧。」

「好——」

士道簡短回答後坐到十香旁邊，然後望著十香接著說：

「不過，妳也要講妳的事情給我聽。老實說，我好奇得很。」

「嗯……？是可以啦，但是這個世界的來龍去脈我剛才已經說過——」

十香一臉困惑地說道。

士道搖搖頭打斷她。

「我不是要聽那種事——我是要聽這個世界的我還活著時的事。跟我說有關妳跟我，以及大家的事。」

「——！」

士道說完，十香吃驚得雙眼圓睜，精神奕奕地點頭回答：「嗯！」

於是，士道娓娓道來在自己的世界發生的事情。

與十香邂逅那天的事。

與十香一起生活的日子。

以及——十香消失那一瞬間的事。

「沒想到……」

十香興致勃勃地聽士道訴說，不久後如此說著，瞪大雙眼。

「那個世界的我竟然消失了嗎？這樣啊，所以你才會說——再次。」

十香像是想起士道剛才說的話，低垂著視線呢喃。

仔細想想，這景象真是不可思議。

失去十香的士道，與失去士道的十香。

兩人竟然能肩並肩坐在一起聊天。

「…………」

士道對這莫名的感慨露出苦笑後，十香便盤起胳膊歪頭詢問：

「不過……唔，有幾點我不明白，可以問你嗎？」

「什麼事不明白？」

「沒有啦，或美島是什麼？」

「咦？」

士道聽了十香說的話，不禁將一雙眼睛瞪得老大。

「什麼……不就是教育旅行去的島嗎？第一次遇見耶俱矢與夕弦的地方……」

「唔？教育旅行不是去沖繩嗎？耶俱矢與夕弦的沖繩甜甜圈沙翁快吃對決，戰況激烈得令人目瞪口呆……但我吃得比兩人多，比賽因此不算數。」

「……是、是這樣嗎？」

士道滿頭問號地反問。原本預計去的地點確實是沖繩沒錯，但因為DEM暗中動了手腳，就改成了或美島。

「而且天央祭辦的活動不是女僕咖啡廳，而是貓耳咖啡廳吧。」

「咦！連這一點也不一樣嗎？」

「嗯。不是士道的女孩大受歡迎，還直接戴著貓耳上臺。」

「這一點倒是沒變啊，可惡！」

士道不禁抱頭吶喊。十香見狀，嘻嘻嗤笑。

「還發生過許多事喔。比如說——」

十香像在搜尋記憶般旋轉手指，開始訴說回憶。
訴說那與士道的記憶有些不同的十香與士道的故事。
果然該稱之為平行世界吧，這個世界似乎與士道的世界走向有些不同。七罪變身的對象是夕弦；大家與二亞對決時所穿的服裝不是兔女郎裝，而是護士服；折紙常用的壯陽藥不是鱉，而是海狗；士道在童話世界中幻化的人物是白雪公主；以及──
無論未來的走向如何，十香與士道依然最喜歡彼此。
──不久，旭日完全升上天空，照耀大地。
「────」
這時，士道發現。
十香的臉頰滴滴答答地流下淚水。
「十、十香，妳怎麼了？我說了什麼令妳難過的話嗎？」
「啊──不是的。抱歉……」
十香用制服袖子擦拭眼角後，若有所思地凝視著地平線。
「……只是覺得那個世界的我好厲害啊。拯救了士道和大家，英勇奮戰，大展身手，真的是……我無可比擬的。」
然後發出悲傷的聲音如此低喃。

「…………」

十香眺望被自己破壞的大地，那副模樣令人心痛不已。

士道的內心因此產生了某種念頭。

「——十香。」

「唔……怎麼了，士道？」

士道呼喚十香的名字，十香便一臉疑惑地望向士道。

士道吸了一大口氣——毅然決然說出這句話：

「要不要來我們的世界？」

「……！」

十香驚愕得肩膀顫抖，彷彿被雷擊中一般。

不過——不久後，她緩緩搖了搖頭。

「……經過剛才的談話，你應該知道了吧。我跟你那裡的十香不一樣，我這種人無法取代你的十香——」

「不對。」

士道凝視著十香的雙眼，打斷她說話。

「我沒有把妳當作十香的替身，只是單純想拯救妳——這個精靈而已。」

「……！」

十香微微屏息。

士道搔了搔臉頰，接著說：

「而且，我還打算……總有一天要與十香重逢呢。要是把妳當成十香的替身，到時候我可是會挨她罵的。」

「──────」

士道說完，十香一雙眼睛瞪得老大──

「……呵、哈哈、哈哈哈哈──！」

不久便像是忍俊不禁地笑了起來。

「笑、笑什麼笑啊。我又沒說什麼好笑的話。」

「呵……是啊。抱歉──不過，我可是精靈耶。在你那個精靈已經消失的世界，應該沒辦法鎮壓失控大鬧時的我吧？」

「萬一發生那種事──我、我們會阻止妳的。」

「嗯，你們太小看我了吧。」

「哈！幾小時前才剛被我們打敗的人竟然敢說出這種話？」

「唔唔。」

十香聞言，像是被踩到痛處似的，支支吾吾說不出話來。不過，她立刻便清了喉嚨，重新振作並繼續說：

「別以為你們每次都能打敗我……大家的確很強，但未必下次也能得到同樣的結果。而且我是因為士道死掉，陷入絕望，才變成那副模樣的。要是你在我眼前死掉——」

「妳在說什麼傻話。我確實已經失去〈灼爛殲鬼〉的治療能力，但精靈早已不存在，DEM也處於一盤散沙的狀態，沒有人會積極地想取我的性命。若是遭逢意外或生病，有〈拉塔托斯克〉二十四小時監視協助，除非當場死亡，否則都能立刻解決！我甚至敢自信滿滿地說我是目前地球上最不容易死掉的人！」

「唔、唔……」

十香一臉困惑地發出低吟聲。

「還、還是不行。我傷害了大家，如今怎麼還有臉面對她們。」

「哎呀，原來妳這個世界的精靈們會在意這種事情啊？」

「唔……可是——」

在與十香一來一往的對話中——士道有種似曾相識的莫名感覺。

那是距今約兩年前，與十香第一次約會那天傍晚所發生的事。

十香近距離目睹自己破壞的街景後，對自己過去所做的事感到十分懊悔。

一直在煩惱自己是否不該存在於這個世界。

士道告訴她：

——妳可以待在這裡。

「就算妳否定妳自己——」

士道像那時一樣朝十香伸出手——

「我也會更加強烈地肯定妳……！」

凝視著她的雙眼，如此吶喊。

「————」

聽見這句話，十香輕聲屏息，不久後突然垂下視線。

「……呵，這還是第一次有人這麼對我說。」

看來士道在這個世界說的是不一樣的臺詞。就連這種地方也令士道感覺到眼前的十香與記憶中的十香兩人之間的差異。

不過，十香聽完這句話後表情已不復見剛才流露出的迷惘。

「謝謝你，士道……我決定了——」

十香慢慢睜開雙眼說道。

然而——

「——我不去你那邊的世界。」

十香口中發出的卻是拒絕的話語。

「……為什麼？還有什麼問題嗎——」

士道愁眉苦臉地問道。不過，十香緩緩搖頭回答：

「不是的，你的提議令我十分開心。如果能在另一個世界再次與大家一起生活，那該有多美好啊。可是……」

十香輕聲嘆息，當場站了起來。

「——我的世界是這裡。我在這裡與士道相遇，在這裡與士道一起生活過。我無法捨棄這個保留著我和士道的回憶的世界。」

「——！」

聽完十香說的話——

這次換士道為之屏息。

然後花了好幾秒吐出一口長氣，接著抬起頭。

「……這樣啊……嗯，說的也是。」

「嗯……抱歉。難得你特地提出這個意見。」

「別在意——如果我是妳……大概也會這麼想吧。」

「呵——」

十香輕笑，當場站起來。

「那麼，我就別占用太多你的時間了吧。」

「咦？」

「我不能再把你牽扯進我這個世界的問題。

而且你——不是還要與那邊的我重逢嗎？那你應該沒有時間在這種地方逗留吧。」

她如此說完，將右手往旁邊一揮。

「〈鏖殺公〉。」

十香在手裡顯現出金色大劍後，在虛空中產生新月形狀的傷痕。

分隔兩個世界的隱形障壁上開啟的微小縫隙，與士道來到這個世界時是同樣的東西。

士道見狀，迫不得已地理解了。離別的時刻已經到來。

十香慢慢轉身面向士道。

「你們一定能再見面。我明白的——因為我也是十香。」

「——嗯，那妳說的肯定不會有錯。」

聽見這句強力的保證，士道笑逐顏開，當場起身面向十香。

於是，十香臉上露出溫柔的笑容開口：

「再會了，我的朋友，我的摯友。我這輩子都不會忘記你的。」

「嗯，我也是——再見了，十香。」

如此不拖泥帶水的告別，說沒有依依不捨是騙人的。

不過，這樣就好。

士道一派輕鬆地朝十香揮揮手，正打算跳進空間的傷痕時——

「——等一下。」

十香突然伸出手，他因此停下腳步。

「咦——？」

事發突然，士道不禁瞪大雙眼。

這也難怪。因為十香一把抓住士道的前襟，直接拉向自己，然後親吻士道無比接近嘴唇的臉頰。

「————」

幾秒後，十香嘴唇離開士道的臉頰，莞爾一笑。

「後續就交給你那邊的十香負責嘍。」

士道目瞪口呆。於是十香加深臉上的笑意，將士道推入空間的傷痕中。

◇

「……呼……」

下一瞬間，映入士道眼簾的並非荒涼的死亡大地，也不是坍塌的校舍，而是十分具有近未來感的天花板。

隨後一陣強烈的頭暈目眩，士道好不容易才理解自己的狀況。

他並不是呈現站著的姿勢，而是維持被十香推倒的姿勢仰躺著。但不可思議的是，背並未感到疼痛。雖然有墜落的感覺，背部感受到的是像被某種柔軟的墊子接住的觸感。

「…………？」

士道認知到這一點後，才終於察覺周圍的人影與背部下面傳來的呻吟聲。

「……歡迎回來。不過很抱歉，你可以趕快起來嗎？」

士道聽從聲音的要求，翻身滾到一旁。於是，疑似成了士道肉墊的琴里便按著額頭坐起來。

她現在身上穿的並非靈裝，而是將深紅色外套披在肩上。

不僅如此，周圍還聚集了折紙、二亞、狂三、四糸乃、六喰、七罪、耶俱矢、夕弦、美九等以前曾是精靈的少女，不遠處也能看見瑪莉亞、神無月及其他〈佛拉克西納斯〉的船員們。大家原本正在勤奮地工作，因為士道突然出現而受到驚嚇，各個目瞪口呆。

沒錯。看來士道被推進空間的傷痕，穿過相隔兩個世界的障壁後，掉落到〈佛拉克西納斯〉的艦橋上。

應該……不可能是偶然吧。不知道是平行世界的十香善解人意，還是士道自動被吸引到與自己緣分深的地方。

「……士道！」

「郎君——」

「士道！」

幾秒後，少女們也理解狀況的樣子，她們肩膀顫抖著奔向士道。士道用手抵住側頭部克制暈眩，面帶笑容迎接少女們。

「……各位，讓妳們擔心了。我回來了。」

士道說完，少女們便露出安心的表情，紛紛歡迎他回來。

等所有人歡迎結束，琴里才開口問：

「——所以，結果怎麼樣，士道？」

「……嗯嗯——」

士道低垂著視線，輕輕點頭。

有許多事情必須說明，大家應該也想聽她的事吧。
不過，士道認為現在非說不可的並不是那些話。他莞爾一笑，呢喃般說道：
「雖然時間很短……我們度過了一場美好的約會時光。」

然後——

四月再次來臨。

春光明媚，充分發揮了促使人春眠不覺曉的威力。至少今天早上差點睡過頭的士道，在被窩裡受到琴里與六喰聯手攻擊……明明目的是叫醒士道，兩人卻躡手躡腳地走到床邊，真是難纏。

順帶一提，由於當時使用的封箱膠帶以及逗貓棒是違反五河家安眠保護條約的慘無人道的武器，便決定採取嚴厲追究到底的方針。另外主犯否認使用上述武器，狡辯道：「是你睡糊塗，看錯了吧？」

哎，話雖如此，還是必須感謝她們按時叫自己起床。

因為這一天，五河家的早晨比平常更加慌張匆忙。

「——來，培根和蛋沙拉做好了。那邊有美生菜、番茄、起司等等，自己夾喜歡的東西盡量吃。啊，奶油和果醬在那裡，想烤吐司的人自己輪流使用烤箱和烤麵包機。」

士道一邊說一邊將盛著培根和蛋的盤子放到桌上。於是下一瞬間，從左右伸出的湯匙和筷子轉眼便將盤子上的食材一掃而空。

「哇啊～～！二亞的酥脆培根～～！」

「哈哈哈！妳太天真了，比士道自己做的草莓果醬天然的甜味還要天真，二亞！妳以為用那樣的速度吃得到酥脆培根嗎！」（註：日文「甘い」有「甜」跟「天真」的意思）

「臨戰。早餐是戰場，放入口中才是最後的勝利。」

「喂，不要企圖從我的麵包上偷走培根好嗎！」

就這樣，餐桌上展開激烈的戰爭。

這也難怪。因為如今折紙、二亞、狂三、耶俱矢、夕弦，以及瑪莉亞的人工介面身體齊聚在五河家。

這些面孔平常一到晚餐時間便會自然聚集到五河家，不過早上因為要工作或上學，大多在自己家裡吃早餐，從這個時間就聚集在五河家實在非常難得。

因此必然得準備比平常大量的早餐，士道採取讓大家把自己喜歡的料夾進麵包的創意三明治方式。

沒想到似乎點燃了大家（主要是八舞姊妹和二亞）的戰火。

「好了好了，冷靜點吃啦。還有很多，能讓妳們吃個夠。」

士道苦笑著說道，穿著圍裙的瑪莉亞便同時點頭贊同。

「就是說呀。耶俱矢和夕弦都已經是大學生了，成熟一點，老是這樣毛毛躁躁的，會變成像二亞一樣喲。」

「喂，機器子，妳這話是什麼意思～～！」

聽見瑪莉亞說的話，二亞明顯氣得火冒三丈。

於是，耶俱矢和夕弦互相點頭後端正姿勢坐好。

「抱歉，夕弦。培根分妳一半。」

「謝罪。夕弦才是太幼稚了，我的蛋也分耶俱矢一半。」

「咦！為什麼妳們兩人突然變得那麼禮讓！」

二亞哀號般大叫。耶俱矢與夕弦「啊哈哈」地彼此笑了笑，把夾好的三明治送進嘴裡。

順帶一提，大概是耶俱矢過於貪心，在三明治裡夾了太多料，所以當她咬下三明治的瞬間，大半的料都從麵包尾端跑出來，掉到盤子上。夕弦見狀，忍俊不禁地笑了出來。

就在這時，與瑪莉亞一樣穿上圍裙幫忙士道的折紙與狂三正好拿著托盤走向餐桌。

「妳們蔬菜攝取不夠，應該要多吃沙拉。」

「也有湯喔，是我特製的。」

說完，兩人將沙拉和湯擺到桌上。二亞等人發出讚嘆聲，對兩人做的料理吃得津津有味，讚不絕口。

「嗯，折紙、狂三，謝謝妳們幫忙，讓我省了不少工夫。」

「不客氣。這點小事自然是要幫的。」

「是的、是的。要站在士道的身邊，起碼要會這點廚藝才行。」

折紙輕聲回應；狂三則是一臉愉悅地說道。兩人不約而同地四目相交，彼此凝視了一會兒。

不知為何，兩人明明面不改色，士道卻感到背脊莫名一陣發涼。

於是瑪莉亞張開雙手安撫兩人：

「妳們兩個冷靜一點。在妳們收到士道表達的謝意時，我早已理所當然地和他一起做菜了。希望妳們有自知之明，我才是那個奪得先機的人。」

「…………」

「…………」

完全沒有安撫作用，反而挑起爭端。士道看著眼前三人以視線針鋒相對，便無力地苦笑。

就在這時──

突然有人「叩叩」地敲了敲客廳的門，吸引了所有人的注意力。

看來「準備」完畢了。

沒錯。她們之所以齊聚一堂，並非只為了來五河家吃早餐，也不是來展開激烈對決──而是來觀賞今天要在這裡公開的「某種東西」。

「請進。」

士道說完，門便立刻開啟，走進了五名少女。

「鏘～～登場！」

「呵呵……總覺得有點不好意思呢。」

「……嗯，像這樣受人矚目，超害羞的……」

「唔嗯。又有何妨呢。看著大家穿上這身裝束的模樣，妾身可是一直對此十分憧憬呢。」

「就是說呀。說到兄長和折紙，就是這副打扮呢。」

她們分別是琴里、四糸乃、七罪、六喰，以及士道的親妹妹真那。

所有人穿著來禪高中的制服站成一排，臉上表情不是引以為傲，就是有些難為情。

沒錯。今天四月十日是在場的五人成為高中生，參加入學典禮的日子。

所以打算在前往新學舍前展示穿上制服的模樣給大家看，這群人才會一大早聚集在五河家。

「喔喔～～不錯嘛、不錯嘛。大家穿起來很好看喔！」

「呵呵呵，很可愛呢——尤其是真那，宛如女高中生耶。」

「呵……來禪啊……一切都令人懷念呢……」

「指摘。夕弦和耶俱矢兩個星期前還穿著那身制服呢。」

待在客廳的所有人鼓掌，一邊妳一言我一語地說著。穿著制服的少女們羞紅了臉頰——不過當中也有例外就是了。像真那就是被狂三說的話激怒，氣得冒青筋。

「所以，哥哥？你覺得如何？」

琴里擺出可愛的姿勢詢問，士道便點了點頭，老實發表感想：

「嗯，非常適合喔，甚至讓我遺憾自己不能跟妳們一起上高中呢。要不然就能向同學誇耀自己有個可愛的妹妹了。」

「呵呵……現在也不遲啊。我可以修改你的出席天數，讓你留級。」

琴里臉頰微微泛紅，露出調皮的微笑說道。那副模樣既像天真無邪的妹妹，也像個性剛烈的司令官。

「喂、喂……饒了我吧。」

士道一臉無奈地苦笑。他的話並無虛假，但他實在不想再重考一次大學了。

「——」

就在這時——折紙眉毛抽動了一下，望向窗戶。士道心生疑惑，也跟著看過去。

「嗯？怎麼了，折紙？」

「有人來了。」

「咦？」

士道瞪大雙眼，下一瞬間，客廳的窗戶便突然打開，闖進侵入者。

「呀啊啊啊啊啊啊啊啊啊啊啊啊————！這裡該不會是傳說中的天堂吧～～！穿著制服的天使出來迎接人家了～～！總之可以請妳們包圍人家用力擠人家嗎～～～～～！」

在她撲向制服組後，士道才發現這道神祕的人影是美九。

不過以結果來說，她並沒有抵達少女們的身邊。因為八舞姊妹從兩側伸出腳絆倒她，害她一頭栽進沙發，之後腦袋又吃了一記琴里的手刀。

「唔呃！」

「每次都來這一招，到底在搞什麼啊，受不了耶……話說，妳今天不是在那邊有工作嗎？」

琴里交抱雙臂說道。這麼說來，美九只穿著華麗的服裝，再披上一件大衣。

沒錯。結果美九決定進軍海外，從本月起將把活動據點移到美國。

「——是的！不過距離上臺還有一點時間，人家就以馬赫的速度飛過來了～～！怎麼能錯過大家展示制服的模樣呢～～！」

美九擺出超級得意的表情豎起大拇指……沒錯，令人吃驚不已的是儘管美九成功進軍美國，她跑來五河家玩的頻率依然一如往常。

瑪莉亞聳了聳肩嘆息道：

「拜託妳別把顯現裝置搭載的小艇當作計程車使用好嗎？那好歹算是最高機密耶。」

「啊～～嗯，瑪莉亞～～！謝謝妳每次幫忙～～！人家用吻來支付費用可以嗎～～！」

美九一點也不感到愧疚地扭動身軀。瑪莉亞再次嘆息。

「哈哈……不過既然如此，當初就沒必要那麼猶豫是否該進軍海外……」

「你在說什麼呀，達令！」

士道話還沒說完，美九便猛然轉身，步步逼近他。

「雖說讓人家使用拉塔托斯克的小艇，移動時間還是比以往多花了十五分鐘耶～～！一年下來會浪費多少時間呀～～！話說回來，達令！靠近一看，你的皮膚果然很光滑呢！人家可以磨蹭你嗎！」

「……這、這樣啊……抱歉。」

士道被美九謎樣的魄力所震懾，莫名其妙地道了歉。感覺最後已經離題了，但大概是心理作用吧。

琴里見狀，一臉無奈地苦笑道：

「哎，妳百忙之中抽空趕來，我是很開心啦。來，好乖、好乖。」

說完，琴里撫摸美九的頭。於是美九感動得痛哭流涕。

「！琴、琴里～～！千萬別這麼說～～！」

美九感激涕零地抽泣，同時一把抱住琴里。但她手的動作太過猥瑣，立刻又吃了一記手刀。

「真是的……」

琴里嘆了一大口氣，面向大家轉換心情。

「──那我們也來吃早餐吧。雖然時間還很充裕，但一直玩下去可是會遲到的。」

「「好～～」」

高中一年級新生們聽從琴里的話入座。餐桌實在坐不下這麼多人，因此也把客廳的桌子當作餐桌使用。順帶一提，美九似乎也還有時間的樣子，她硬是擠到七罪與六喰中間的座位，一臉幸福的模樣。

「……哎呀？」

就在這個時候──

瑪莉亞臉色微微改變，抬起頭。

「怎麼了，瑪莉亞？」

「──〈佛拉克西納斯〉的偵測器似乎又偵測到類似靈波的反應了。由於反應微弱，應該不構成問題……可以請妳姑且確認一下嗎？」

「妳說什麼？」

琴里聞言，皺起眉頭。大家的表情也跟著染上些許緊張。

「靈波反應……該不會又是〈野獸〉吧……」

七罪臉頰流下汗水問道。於是瑪莉亞回答：「當然不是。」

「不可能總是出現平行世界的精靈這種極為異常的現象。況且——她已經找回自我了吧？」

瑪莉亞望向士道，這麼說了。士道深深點頭。

「沒錯，那傢伙——十香已經不會隨便大鬧了。」

少女們聽見士道說的話，露出複雜的表情。

士道返回這個世界後立刻向大家說明自己與〈野獸〉——平行世界的十香發生的種種事情。

在那邊的世界，士道似乎已經死了。

目睹士道死去的十香被絕望籠罩，將世界破壞殆盡。

即使恢復理智——依然決定留在原本的世界。

大家聽完後反應各不相同，卻都產生懷念十香的心情——以及希望與恢復理智的她多少聊幾句話的念頭。

「「…………」」

剛才還熱熱鬧鬧的氣氛突然變得感傷陰鬱。

琴里稍微用力咳了一下，試圖抹去這樣的氣氛。

「了解了。反正還有時間，保險起見，我就順道去一趟〈佛拉克西納斯〉，妳們大家先去上學吧。」

「知道了。可是……」

「不要緊嗎？如果有必要，真那和大家也陪妳一起去。」

琴里聞言，揮了揮手回答：

「沒關係。我也不想創造入學典禮就遲到的傳說。」

琴里打趣地說著，聳了聳肩。看她還有心情說笑，大家的表情才又變柔和。

士道見狀，吐了一口氣打起精神後望向所有人，並且開口：

「總之，先吃飯吧——十香不也經常說嗎？不管做什麼事，不先填飽肚子怎麼會有力氣。」

「呵呵……確實是如此呢。」

「不過，十香的情況有些極端就是了。」

大家莞爾一笑。士道大幅點了點頭，雙手合十發出清脆的聲響。

「——我要開動了！」

「「我要開動了！」」

朝氣蓬勃的聲音響徹整個五河家。

◇

一陣帶有濕氣的風吹過無限接近平坦的大地。

十香在能眺望海景的地方獨自凝望著水平線時，眉毛突然抽動了一下。微小的變化。輕撫臉頰的風觸感似乎比前幾天溫暖了一些。

「……唔。」

雖然無法確認正確的日期，想必現在的季節是春季吧。不過，前陣子奇蹟般的相遇讓十香的心找回了溫暖——或許多多少少也是基於如此美妙的理由吧。

——與平行世界的士道密會後，已經過了約兩個星期。自那天起，十香就獨自環遊這荒廢的大地。

僅僅兩個星期。不過，卻有許多新發現，這個世界充滿失去自我時不曾察覺的事。

最大的發現是——人類的存在。

在精靈之力肆虐後的世界，依然有許多人類存活下來的樣子。離日本遙遠的國家自然不用說，就連直接受到十香攻擊的區域也能確認到許多躲在地下倖存的人類。

仔細回想，失去自我的十香並非想毀滅世界或滅絕人類才人肆胡鬧，當然會有人在她隨意草率的破壞下存活。

世界比十香想像的還要廣大。

人類比十香想像的還要堅強。

這種再自然不過的事實卻令她莫名欣喜，因此當她發現還活著的人類時，便不由自主地熱淚盈眶。

話雖如此，如今已不同於隱匿精靈存在的那個時候。想必現在全世界都將十香視為恐怖的象徵吧，所以十香總不能大搖大擺地主動接近人類。

「那麼，該如何是好呢？」

十香輕聲低喃後伸了個懶腰。

找回自我時，認知到自己的所作所為時，十香一度認為只有自己默默消失才是唯一的贖罪。

不過若是選擇這樣的結局，將無顏面對平行世界的士道，枉費他當初伸出援手。應該有什麼事是自己能做的。反正時間多得是，先好好思考這一點——

「——哎呀、哎呀。

多日不見，妳的表情變開朗了呢。」

結果——

「————！」

那一瞬間，突然響起這樣的聲音，十香因此回頭一探究竟。

擴展在眼前的是壓毀一切般的瓦礫大地，根本無處藏身。不可能有人能悄無聲息地接近十香，近距離出聲向她攀談。

沒錯——除非突然從影子中出現。

「什麼……！」

十香瞪大雙眼，怒視那名女子的容貌。

她身穿將影子具體化般的喪服，令人毛骨悚然。從袖口伸出的手和前襟露出的肌膚透明白皙，將衣服的黑色襯托得更加明顯。由於她撐著搭配服裝的漆黑陽傘，無法看清全貌，但能看見她的薄唇勾勒出妖魅的笑容。

十香看見那不祥的容貌，不禁全身僵硬。大概是感受到十香的反應，女子加深臉上的笑意。

「呵呵呵，竟然能讓最強精靈產生戒備，在下真是受寵若驚呢。」

「……妳究竟是何方神聖？死神嗎……不然就是來自地獄的使者？」

十香皺起眉頭，唾棄般說道——其中包含「倘若如此，上天還真是機靈呢」的自嘲。

不過，女子覺得可笑似的勾起嘴角，慢慢舉起陽傘。

「竟然說我是死神，真是令人心寒呢。既然要叫──還不如稱呼我為天使。」
「……！妳是──」
看見她的臉後，十香屏住呼吸。
在肩頭的位置鬆鬆地紮成一束的亮麗黑髮、人工般端正的面容。
──以及，刻著時鐘錶盤的左眼。
雖然比十香記憶中的模樣經過一些歲月的洗禮，散發出嫵媚的風韻──但無庸置疑，絕不會錯。
「狂三──？」
沒錯，她便是時崎狂三，過去被稱為最邪惡精靈的少女。
不過她怎麼可能會出現在這裡。十香的表情染上困惑之色。
「怎麼會，妳應該已經死了。而且是被我本人……殺死的。」
狂三聞言，覺得十分有意思似的浮現笑容。
「妳究竟在說誰？恰巧有許多長得跟我很像的人，妳應該是認錯人了吧？」
「……！可是，〈刻刻帝〉的確變成我的『劍』──」
十香說到一半，止住話語。
失去自我時有哪裡不對勁，但她當時並未察覺。那就是變成「劍」的天使中只有〈刻刻帝〉

的靈力莫名微弱。

——彷彿只具備一半的力量。

「——嘻嘻嘻，嘻嘻。」

狂三欣喜若狂地望著困惑的十香，發出笑聲。

「十香，我一直在等待。等待妳恢復理智——不過，幫助妳恢復理智的是平行世界的士道這一點……倒是出乎我的意料就是了。

——好了，十香，我並不是來跟妳閒話家常的，而是來向妳提出建議。」

「什麼建議……？」

十香皺起眉頭回答。

「我說，十香——妳不想讓這個世界重新來過嗎？」

狂三瞇起時鐘之眼彎成微笑的形狀，如此說道。

◇

「——什麼！司令，妳怎麼打扮成這副模樣！啊！莫非是為了給我高中入學紀念獎賞，特地來坐坐嗎！啊啊！沒想到司令妳想先坐在下勝過高中的椅子！本人神無月恭平真是感到幸福至極啊！來吧，請您確認新制服坐起來舒不舒適——」

「吵死了。」

琴里一走進〈佛拉克西納斯〉的艦橋，一拳擊沉發出怪聲的神無月後，腳步沉重地直接走向艦長席坐下。順帶一提，神無月一臉痛苦卻又面帶喜悅地出聲說：「多謝賞賜～～……」

「所以，妳所說的令人在意的反應呢？」

琴里如此說完，望向在艦橋待命的瑪莉亞。雖然與剛才待在五河家的瑪莉亞是不同的身體，但操控她的是同一個AI。

「是，請過目。」

瑪莉亞舉起右手，主螢幕便配合她的動作顯示出地圖和標示詳細數字的圖表。

「這是……」

琴里看了皺起眉頭。反應本身與〈野獸〉出現前偵測到的十分類似——但上個月廣布世界各地的反應，如今卻集中在局部。

琴里額頭冒出汗水，望向瑪莉亞。

「……這反應哪裡微弱了啊。這簡直就像——」

「——精靈術式？」

就在這時，後方傳來這樣的聲音，令琴里肩膀抖了一下。

循聲望去，便看見二亞與折紙的身影。

「妳們怎麼會來這裡……？」

看見出乎意料的面孔，琴里瞪大雙眼。記得吃完早餐後，二亞應該返回自己家，而折紙則是去大學上課了。

尤其折紙這個勇者，當初不顧教師們的反對，堅持與士道上同一所大學。她怎麼可能會錯過和士道一起上學的機會。

「嗯～～這個嘛，算是來閒話家常的吧？」

「——我是聽二亞說了之後……想說『今天一天』也無所謂。」

「……？」

琴里不明白折紙說的是什麼意思，但她立刻心念一轉，露出銳利的視線。

沒錯。比起那種事，剛才她說的話才不能充耳不聞。

精靈術式。那是巫師艾薩克・威斯考特過去所施展的禁忌招式。
收集充滿世界的魔力，誕生出終極生命體——精靈的技術。照理說應該早已失傳了才對。
然而正如二亞所說，偵測器顯示出的反應確實與施展精靈術式時的波長十分相近。
不過，指出這一點的二亞本人卻絲毫沒有半點緊張感地接著說：
「可是，我想大概可以放心。波長雖然相近，但應該是自然現象。」
「妳說這是自然現象？這種魔力的流動，妳說不是靠某人的意志操控，而是偶然發生嗎？」
這時，琴里發現事態如此異常，然而帶自己來這裡的瑪莉亞卻一副事不關己的模樣。
「……瑪莉亞，妳也從二亞那裡聽說了什麼事嗎？」
「怎麼把人說得這麼難聽。折紙的話也就罷了，竟然把我當成二亞的共犯看待，這我可受不了。」
「難道不是嗎？」
「無可奉告。」
「妳果然知道內情嘛！」
琴里不耐煩地胡亂抓了抓頭髮後，對二亞投以銳利的視線。
「……妳會仔細說明給我聽吧？到底發生什麼事了？」
琴里表情嚴肅地問道，二亞便將手抵在下巴，發出低吟。

「唔～～嗯～～很難形容耶喵。並非完全是偶然，說是出於意志也不算錯……但又不是出自某人的意志……」

「硬要說的話，應該稱之為『世界的意志』吧。」

折紙這麼說道，二亞便彈了一個響指回應：「喔，就是這種感覺、就是這種感覺。」

「……妳是在唬我嗎？」

琴里露出凶狠的眼神，二亞便猛力搖頭否定：

「我才沒在唬妳呢。不過妳想，〈囁告篇帙〉的確能告訴妳任何事，但理解內容的可是我這顆腦袋。說來慚愧，我沒有辦法完全消化所有內容。」

琴里聞言，皺起眉頭。

「……二亞，妳知道些什麼？妳當時用〈囁告篇帙〉調查的不是〈野獸〉的事嗎？」

「嗯～～？是啊。我是調查了小獸獸的事，只是，有不明白的地方。說起來，為什麼她會出現在這個世界呢？」

「咦……？」

琴里被這麼一問，倒是滿頭問號。

這的確是個重要的問題。平行世界的精靈這種異常為何會出現在這個世界——如果有明確的理由存在，必須澈底解決，否則威脅可能會再次降臨這個世界。

不過目前能得知的，只有士道從平行世界的十香那裡聽說的「感覺有人在呼喚她」這種模糊不清的理由。

當琴里動腦思考時，二亞像是在整理腦海中的影像似的，手指不斷在空中描繪著什麼。

「我想不到更好的方式來形容，就先假設是『世界的意志』好了……這一年來一直在做某件工作。」

「某件工作？」

「沒錯。將曾經支離破碎的存在以分毫不差的相同構成，恢復成原來的形體——」

「……！那是——」

「如果是單純的構造物也就罷了，偏偏完成的形狀複雜又奇怪，實在很累人。即使是該稱為世界意志的存在，耗費的心力也不是三言兩語可以道盡的。工程之浩大，可能要花上幾百年……一個弄不好，大概要花上幾千、幾萬年也說不定。

——所以『世界的意志』才擬定了這個計策。

對平行世界中無限接近目標形狀的存在傳送熱情的愛的呼喚。

既然以平行世界來形容，自然與目標物不是完全相同的存在。但是那一瞬間，『無限接近目標物，活生生的設計圖』就存在於這個世界——妳不覺得能縮短不少工程嗎？」

「…………」

琴里將手擱在胸口，吸了一口氣。

不知是因為緊張還是興奮，感覺心臟跳得有點快。

琴里離開艦長席，走向設置在左方的船員座位。

沒有人坐的分析官座位，如今擺著一隻座位的主人留下的熊娃娃。娃娃身上到處是縫補過的補丁。

——世界的意志。

二亞與折紙以籠統且迂迴的措辭形容的那個存在。

然而不知為何，聽到這件事時，琴里的腦海浮現某個人物的身影。

某個優秀的機構人員，也是琴里的部下。

曾經隨侍在琴里身邊，獨一無二的摯友。

——最後化為魔力消融於世界中的某個女性的身影。

「……真是拿妳沒辦法呢。」

琴里抱著熊娃娃如此低喃的同時，感覺臉頰有某種溫熱的東西流過。

◇

一陣沙沙聲響起，櫻花隨風漫天紛飛。

目睹出乎意料的絕美景色，士道輕聲讚嘆：

「——好壯觀啊，全都盛開了呢。」

他輕輕拍落掉在書包和肩上的櫻花花瓣，再次邁開步伐。從樹葉間隙照下的柔和陽光，令士道自然而然地心情激昂，加快步調。

這週是大學的新生訓練。簡單來說，就是說明及體驗接下來一年所選課程的期間。必須平均選擇自己有興趣的科目和必修科目，以便修滿升級及畢業所需的學分。其實士道本來想找跟自己上同一所大學的折紙商量，但不知為何今天她說有重要的事，要士道先去上學。

士道走在河畔的櫻花大道上。左右兩側並列著成排櫻花樹，盛開的櫻花形成自然的拱門。

話雖如此，如此美景也不會持續太久。今天是四月十日，據說櫻花比往年晚開，但到了下週應該也凋謝得差不多了吧。

雖然感覺有點寂寥，這也無可奈何。花謝後便會長出嫩芽，而嫩芽的葉子凋謝後，枝椏會再次含苞待放，如此不斷輪迴。想必到了明年，會再開出美麗的花朵吧。

「四月十日啊……」

士道在淡紅色的薄紗中呢喃著這句話。

沒錯，四月十日。

今天的日期對士道有著特殊的意義。

兩年前的今天，他邂逅了一名少女。

那名少女美得不可方物，卻天真爛漫，有些傻氣——比任何人都高貴堅強。

而她留給士道各式各樣的東西後——

不到一年便消失得無影無蹤。

「……………哈哈。」

想到這裡，士道不禁笑了出來。

重新回想，自己與她度過的時間竟不滿一年。

啊啊，可是那一年——

充滿了驚奇、苦難，最重要的是充滿了光輝，與過去的人生相比，一點都不覺得短。

說士道在與她相遇後改變了人生也不為過。

因為有她，才造就了現在的士道。

因為有她，大家才存在於此。

對士道以及大家而言，她就是如此特別的存在。

「…………」

士道噗嗤一笑，再次望向四周的景色。

對了，士道曾經帶她來這裡。
好像就是她消失的那一天。士道與她還有像是她姊姊般的存在，三個人一起來這裡賞櫻。
回想起來，當時的櫻花也像今天一樣盛開——
「————！」
瞬間，一陣比剛才還要強的風吹過四周，捲起大量樹上開的花與掉落地面的花瓣。
淡色簾幕覆蓋視野。事發突然，士道不由得閉上雙眼。
「……喔，好大的風——」
接著——
當他微微睜開眼睛時，止住了話語。
因為連綿不絕的長長櫻花大道前方——
士道的正面站著一道剛才並未存在的人影。

「————」

看見那道身影，士道不禁瞪大雙眼。
一頭在淡紅色背景的襯托下顯得奪目的烏黑長髮。

一雙映著夢幻色彩的水晶眼眸。

那副美得充滿殺傷力的面容，卻點綴著溫柔的表情。

「——妳是……」

士道半無意識地吐出這句話。

不知為何，感覺腦海的某個地方有種認知——若是遇見她，就必須這麼問。

「……名字嗎？」

於是，少女也以一副早就知道士道會問這句話的語氣，笑容滿面地回答。

「——我的名字是夜刀神十香。
是我珍愛的人為我取的重要的名字——很好聽吧？」

# 後記

（※內含本篇劇透，尚未閱讀的人請注意）

二〇一一年三月十九日《約會大作戰DATE A LIVE》第一集發售後，正好經過了九年。在此為您獻上本篇完結篇《約會大作戰DATE A LIVE 22 美好結局十香 下》。各位覺得如何呢？若是本系列能在各位心中留下點什麼，我將感到無上喜悅。

事情就是這樣，好久不見，我是橘公司。各位長久以來奉陪至今的《約會大作戰DATE A LIVE》就此完結。

多虧各位讀者的支持，這部作品才遠遠超越企畫當初的預想，成為長期系列作，更有幸以漫畫、動畫、遊戲、電影、外傳等各種形式呈現給各位，可說是非常幸福的系列作了吧。

這全是多虧了《約會》相關的各方人士，以及各位讀者的幫忙與支持，在此由衷感謝大家。

**つなこ老師：**謝謝您長期以來的配合，沒有您的插畫，《約會》就無法成立。不論我提出精靈、機械裝備、便服等毫無節制的要求，您都一一完成精美的插畫。我也抱持著要寫出不愧對您的插圖的原作這種心情，一路努力至今。真的非常感謝您。另外謝謝您每次都不吝提出感想，讓我受到了不少鼓舞。

**草野美編：**原作、動畫，甚至是廣告，《約會》世界的印象可說是以您的美感構成的。每次收到又酷又潮的封面設計時，我都興奮不已。謝謝您呈現出如此完美的工作成果。

**責編：**仔細想想，從我得獎時就受您關照，今年是第十二年了吧。如果沒有您，這部作品根本不會存在吧。您是《約會》的另一個作者，真的非常謝謝您。不好意思，老是拖稿。我也會努力寫出新作品，若是能再陪伴我一段時間，將是我莫大的榮幸。

**東出老師、NOCO老師：**帥氣的文章×帥氣的插畫＝最強組合。感謝兩位創作出如此精彩的外傳，我也非常期待動畫開播。

另外，漫畫家、插畫家、動畫工作人員、配音員、遊戲工作人員、人物模型周邊商品製作、編輯、通路、書店等所有與《約會》相關的各方人士，以及現在拿起本書閱讀的讀者。

真的非常感謝大家。

**折紙：**妳起初是主要角色之一，卻是敵方角色，因此初期有些吃虧。不過，妳可說是另一名主角。從妳的角度來描寫故事對我幫助很大，因為寫妳真的很開心。另外，經歷第十集、第十一集前半部最大高潮的妳，蛻變成一位出色的女主角。能寫出妳真是太好了，感謝妳。

**二亞：**雖然妳是後期才參戰的精靈，但令人驚訝的是妳立刻便融入了大家。個性開朗積極，還知道許多宅知識，冒出上帝視角的發言也能被原諒的妳真是不可多得的角色，我甚至無法想像沒有妳在的短篇。抱歉，經常讓妳出來搞笑。謝謝妳，總是幫了我大忙。

**狂三：**從我高中時期的筆記本召喚出來的妳，就某種層面來說，算是最資深的角色，同時也是超乎我想像進步最多的角色。如今少了妳就無法敘述《約會大作戰DATE A LIVE》，在故事方面也是妳這個角色最可靠。另外還出了許多人物模型跟周邊，承蒙妳許多關照，謝謝妳。

**四糸乃**，以及**「四糸奈」**：在第二集就粉墨登場的妳，是將十香表示的「點」化為「線」的重要角色，也是為摸索新系列絞盡腦汁的我心目中的綠洲。最重要的是，妳在故事後期表現出令我大吃一驚的成長與活躍，說妳是第二十集的MVP也不為過。謝謝妳。

**琴里：**妳是從第一集初期到完結篇總是支持著整個系列的大功臣。如果沒有妳，這個故事便無法成立。也經常以職務的角度來述說故事，可說是最接近作者身邊的角色吧。很抱歉，讓妳做出許多痛苦的決定。幸虧有妳在，謝謝妳。

**六喰：**由於是最後一名登場的精靈，出場次數比其他角色來得少，卻展現出十足的存在感。妳的屬性獨特得足以與原有角色對抗，但奇妙的是，最令人印象深刻的是妳的純粹。有妳在，場面就會柔和起來。謝謝妳。

**七罪：**感覺從妳開始，我創造角色時就更隨心所欲了。妳似乎討厭消極的自己，但坦白說，從妳的角度寫作時，我寫得最行雲流水，是與二亞並列在短篇中最容易發揮的角色。獲得四糸乃這個朋友與美九這個天敵後，更加閃閃發光。我由衷希望妳得到幸福，謝謝妳。

**耶俱矢：**妳原本應該是中二病角色，不知不覺卻成了被人逗弄的角色，算是無心插柳柳成蔭吧。能描寫出妳和夕弦的過去真是太好了。抱歉，經常把妳當作克洛○達因來使用，不過真的對我幫助很大。我這麼說，感覺妳會回答：「怎麼覺得只有我的感想跟其他人不一樣！」這一點也是妳可愛的地方。謝謝妳。

**夕弦：**當初的設定是一動一靜，耶俱矢「動」，妳是「靜」。但不知從何時開始，妳卻變得比耶俱矢還天然中二，甚至成為肉食性角色。這也是無心插柳柳成蔭吧。妳遇到了一個優秀的大師呢。最後能讓風待八舞登場真是太好了。和士道約會時展現出的可愛是妳的本領，謝謝妳。

**美九：**雖然角色經常有出乎意料的變化與成長，但妳是其中令人感到驚訝的一個。起初妳的角色令人憎恨，但不知不覺間變成了討人喜歡的角色。順帶一提，責編似乎最喜歡妳。雖然平常是個妖怪，但年紀較長的妳該表現時還是會大顯身手，這樣的妳十分帥氣。希望能再聽到妳的歌，謝謝妳。

**十香：**《約會大作戰DATE A LIVE》是從妳開始的。因為有妳才產生了這個故事；因為有妳，我才能走完這漫長的路途。因為想在最後看到妳的笑容，我才能一路寫到二十二集。想必妳的未來不只有快樂，也有許多困難在等待，但我相信妳最後一定能綻放笑容。祝妳與士道還有大家永遠幸福，真的非常謝謝妳。

**萬由里**：電影版非常好看。礙於長度與設定的關係，妳的臺詞還有與士道的接觸都不多，但妳最後那句話依然留在我心中。謝謝妳。

**凜禰**：當我收到要製作成遊戲的邀約時，我打算竭盡全力創作出一個原創女主，妳便因此誕生，成為留在我心中的角色。謝謝妳。

**鞠亞**，以及**瑪莉亞**：沒想到從故事初期就存在的妳會以這樣的形式出現，後期受到妳各種幫助，謝謝妳。

**鞠奈**：雖然妳一開始是反派，卻活躍得出乎意料。妳在《凜緒リンカーネイション》的結局成為了我的希望，謝謝妳。

**凜緒**：有許多角色因為妳而得救。遺憾的是，在設定上較難與本篇做連結。但是我不會忘記，妳誕生的世界確實存在過。謝謝妳。

**蓮**：妳的遊戲尚未發售，所以我不能透露太多。不過我由衷感謝一件事，多虧妳，才讓某個故事化為了可能。謝謝妳。

**澪**：就某種意義來說，《約會大作戰DATE A LIVE》是妳的愛情故事。其實當初預定以妳的故事做總結，實際上卻並未如此。之後誕生了三本書篇幅的精靈故事，妳的女兒們超越了妳。能描寫妳的故事，我真的十分幸福。祝妳與真士天長地久，謝謝妳。

**令音**：請容我刻意把妳和澪分開。妳是故事背後的功臣，支持琴里、幫助士道，引導大家。

即使這些全源自妳本身的願望，但是妳的存在成了大家心中的依靠。妳可能會否定，然而妳是個比任何人都還要溫柔的人，肯定直到最後都是如此。謝謝妳。

**真那：**妳的存在是非常重要的角色，還賦予了故事深度。抱歉讓妳的人生走得這麼辛苦。妳是作品中少數具有男子氣概的角色，謝謝妳。

**天香：**這個角色一開始應該很冷酷，不知不覺卻變成了為妹妹煩惱的姊姊。託妳的福，十香一定過得很幸福。謝謝妳。

**平行世界的十香：**我想妳一定能抓住想要的未來，謝謝妳。

**艾蓮、威斯考特、伍德曼、嘉蓮：**多虧你們，故事才會開始。你們是最棒的反派、可靠的上司，謝謝你們。

**神無月、椎崎、川越、中津川、箕輪、幹本：**都是因為有你們的輔助，士道才能順利約會。抱歉，盡讓你們選擇奇怪的選項。謝謝你們。

**小珠、殿町、亞衣、麻衣、美衣：**你們是日常的象徵，謝謝你們總是一如往常地跟十香她們相處。

**燎子、美紀惠、小米：**謝謝妳們總是守護天宮市。

**真士、阿爾緹米希亞、〈妮貝可〉、龍雄、遙子、潔西卡、派汀頓、安德魯、艾希莉、賽希兒、莉奧諾拉、密涅瓦、梅鐸、花音、日依、渚沙、朝妃、昴、莉莉子、機器折紙：**給所有在這

裡無法寫完的角色，謝謝你們。

還有，**士道**：企畫當初，你是個沒有顏色的角色。不過實際描寫故事時隨著故事發展，你才漸漸帶有色彩，變成無可取代的存在。你是我最棒的朋友，也是我崇拜的對象。我想在接下來故事裡沒有描寫出來的未來人生，你一定能走得非常踏實。祝你前途充滿幸福，真的很謝謝你。

那麼，這篇看似很長，實則簡短的後記也將在此落幕。

雖然本篇迎向完結，但《約會》還沒結束。《安可》還在持續中，《赤黑新章》的動畫化企畫也在進行當中。

另外，也決定製作《約會大作戰DATE A LIVE》本篇的動畫續篇系列了！期待和大家在動畫再會。

再次真心感謝大家！

二〇二〇年三月　橘　公司

# 後記

恭喜約會大作戰完結！橘老師，真的辛苦您了!!
謝謝您創造出如此精彩的故事和角色。第一次負責插畫的小說能成為大眾長期喜愛的作品，對各位相關人士只有無盡的感謝。
接下來還有許多動畫等相關作品，今後也請各位多多支持！

容我使用了動畫的設計
來呈現拉塔托斯克的
大家
つなこ
2020.03

## 約會大作戰DATE A LIVE 安可短篇集 1~9 待續

Kadokawa Fantastic Novels

作者：橘公司　插畫：つなこ

**約會忙翻天！精靈們各個嘗試改變！**
**享受熱鬧滾滾的日常生活吧！**

士道外出時，精靈們恰巧在五河家撞見了他的父母？漫畫家二亞計劃買房？不想上學的七罪找起了工作？而（自稱）士道未來伴侶的折紙將進行新娘修業？「什麼……！這就是船嗎？」士道與精靈們搭乘豪華郵輪，怎麼可能不鬧出點波瀾？

各 NT$200~260/HK$60~87

# 加速世界 1~24 待續

Kadokawa Fantastic Novels

作者：川原 礫　插畫：HIMA

**攻略超強敵「太陽神印堤」！**
**神祕的「Omega流無遺劍」揭露神祕面紗！**

打倒印堤與救出黑雪公主的關鍵──就是施加了強化，能讓印堤的「高熱傷害」無效的「輝明劍」。Silver Crow為了讓這無謀到極點的作戰成功，決心學會神祕的「Omega流無遺劍」。然而Omega流劍豪Centaurea Sentry的真面目，是第三代Chrome Disaster──

各 NT$180~240/HK$50~68

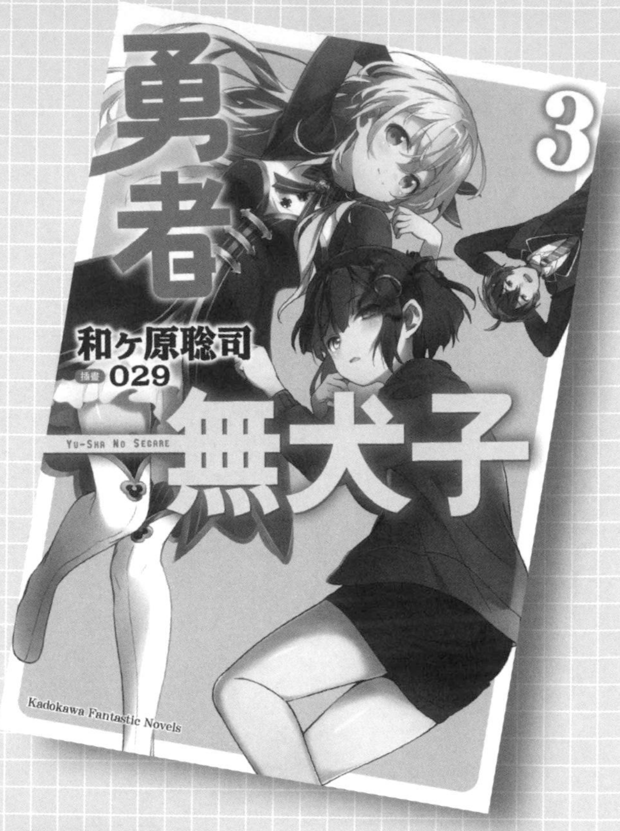


# 勇者無犬子 1~3 待續

Kadokawa Fantastic Novels

作者：和ヶ原聡司　插畫：029

**勇者犬子的冒險終於展開！**
**高潮迭起的平民派奇幻冒險第三集！**

再也忍受不了禊頻繁來襲，英雄決定動身前往異世界安特·朗德。為了讓身上寄宿著禊的翔子同行，劍崎家＆蒂雅娜前去說服翔子的雙親。好不容易取得諒解，一行人跳進通往異世界的大門，沒想到英雄發生異變！分崩離析的一行人，該如何化解危機——

各 **NT$220~240/HK$68~75**

# 史上最強大魔王轉生為村民A 1~5 待續

Kadokawa Fantastic Novels

作者：下等妙人　插畫：水野早桜

**亞德將與自己所留下的過往遺恨對峙！**
**「前魔王」的校園英雄奇幻劇第五集！**

亞德與伊莉娜受到女王羅莎的召集，一同擔任女王的護衛參加五大國會議，造訪宗教國家美加特留姆。然而，他們遇見了過去位居魔王部下最高階的武人，當上教宗的前四天王之一——萊薩。他繼承「魔王」的遺志，企圖透過洗腦來達成世界和平……！

各 **NT$220~240/HK$73~80**

國家圖書館出版品預行編目資料

約會大作戰DATE A LIVE. 22, 美好結局十香. 下/橘公司作 ; Q太郎譯. -- 初版. -- 臺北市 : 臺灣角川股份有限公司, 2021.07
面 ;　公分. -- (Kadokawa fantastic novels)

譯自 : デート・ア・ライブ 22, 十香グッドエンド. 下
ISBN 978-986-524-615-0(平裝)

861.57　　110008350

Kadokawa
Fantastic
Novels

# 約會大作戰DATE A LIVE 22（完）
## 美好結局十香 下

（原著名：デート・ア・ライブ22　十香グッドエンド 下）

2021年7月29日　初版第1刷發行
2024年4月12日　初版第3刷發行

作　者：橘公司
插　畫：つなこ
譯　者：Q太郎

發行人：台灣角川股份有限公司
總　監：呂慧君
總編輯：蔡佩芬
主　編：林秀儒
編　輯：孫千棻
設計指導：陳晞叡
美術設計：吳佳昀
印　務：李明修（主任）、張加恩（主任）、張凱棋

發行所：台灣角川股份有限公司
地　址：104台北市中山區松江路223號3樓
電　話：（02）2515-3000
傳　真：（02）2515-0033
網　址：www.kadokawa.com.tw
劃撥帳戶：台灣角川股份有限公司
劃撥帳號：19487412
法律顧問：有澤法律事務所
製　版：巨茂科技印刷有限公司
ISBN：978-986-524-615-0